鬼人幻燈抄《きじんげんとうしょう》

江戸編《えどへん》 残雪酔夢《ざんせつすいむ》

中西モトオ

双葉社

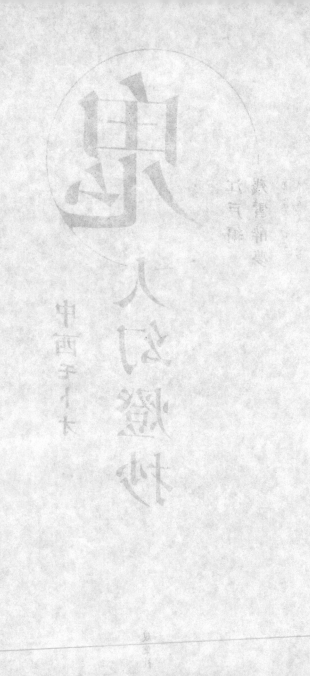

鬼《き》人《じん》幻《げん》燈《とう》抄《しょう》

登場人物紹介

甚夜《じんや》
鬼退治の仕事を生活の糧にする浪人。自らの正体も鬼で、170年後、葛野《かどの》の地に現れる鬼神と対峙するべく力をつけている。

重蔵《じゅうぞう》
日本橋の商家『須賀屋《すがや》』の主。甚夜の実父。

奈津《なつ》
重蔵の一人娘。養子のため、甚夜にとっては義理の妹にあたる。

善二《ぜんじ》
『須賀屋』の手代。お調子者。

三浦直次《みうらなおつぐ》
旗本・三浦家の嫡男。右筆《ゆうひつ》として登城する。

三浦定長《みうらさだなが》
失踪した直次の兄。蕎麦屋『喜兵衛《きへえ》』の店主。

おふう
定長の娘で『喜兵衛』の看板娘。正体は鬼。

夜鷹《よたか》
吉原近くの路上で客を引く街娼の一人。

三代目・秋津染吾郎《あきつそめごろう》
金工《きんこう》の名職人・秋津染吾郎の名を継ぐ三代目。

鈴音《すずね》
甚夜の実の妹。正体は鬼で、甚夜の最愛の人・白雪《しらゆき》の命を奪う。葛野での悲劇の後、行方は知れず。

鬼人幻燈抄
江戸編

目次

夜桜の下 5
花宵簪《はなよいかんざし》 27
余談 雨夜鷹 99
残雪酔夢 151
江戸編終章 酒宴のあと 270

装幀　bookwall(築地亜希乃)
装画　Tamaki

夜桜の下

嘉永《かえい》七年（1854年）・春。

春先の霧雨、男は腰に携えた刀を抜いた。

踏み込み、袈裟懸《けさが》け。一太刀の下に影は斬り捨てられる。

男が斬ったのは人ではなく、見るも醜悪な異形。しかし男は恐れどころかなんの感慨も見せない。やはり表情を変えぬまま血払い、白い蒸気となって消え往く屍《しかばね》を眺め、ゆるりと刀を収めた。

夜な夜な魍魎《もうりょう》の闊歩《かっぽ》する江戸では、一つの噂が流れていた。

曰《いわ》く、鬼を斬る夜叉が出る。

それは単なる与太ではなかった。

男の名は甚夜《じんや》。噂通り刀一つで鬼を討つ、奇怪な浪人である。

今宵もどこかから怪異の話を聞きつけ、首を突っ込んでは容易《たやす》く葬る。

いつもと何も変わらない景色がそこにはあった。

「おや、随分と風流じゃないか」

普段と違うのは、鬼を斬り捨てた彼の前に、妙な女が姿を現したことくらいか。異形の凄惨な最期を目にしながら、女は場違いなくらい、しっとりと濡れた微笑を見せる。

「なにがだ」

「霧雨に鬼、月のように翻《ひるがえ》る刃。風流だとあたしは思うけれど」

ついと視線を向けるが、彼女は怯《ひる》みもしなかった。

お世辞にも上等とはいえない、ぼろの着物をまとった女。霧雨の中、肉付きの良くない痩せた体も相まって、彼女の肌はいっそ病的なまでに青白く映る。歳は、奈津《なつ》より一つ二つは上か。春を売る女特有の、男を誘う仕種がなんとも自然で様になっていた。

「夜鷹《よたか》か」

「ああ。今日は客が少なくてね。河岸《かし》を変えたおかげで、面白いものが見れたよ」

夜鷹は辻遊女。道端で男に声を掛け、体を売る女の総称だ。吉原で働く花魁《おいらん》とは違い、貧困にあえぎ安い銭で春をひさぐ、最下級の街娼である。

彼女達は夜にのみ現れる。化粧やまともな着物を買う金もない。年老いた娼婦も多く、肌などは荒れ放題。劣った容姿を少しでも隠すため、夜鷹は暗がりに紛れる。

目の前の女もまた粗末な格好で、飾り気もまるでない。だが、絶世とは言わないまでも整った顔立ちをしている。それに、生活に疲れた様子はなく、街娼にありがちな引け目や媚《こ》びも感じさせなかった。

「ついでだ。あたしを買っていかないかい？」

「遠慮しておこう。他に用がなければ行かせてもらうが」

妙な女。抱いた印象はそんなところだ。美しい夜鷹は確かに珍しいが、さして興味もない。おふう達と出会い多少の心境の変化があったとはいえ、女遊びで夜を越す気分にはなれなかった。だが、去っていこうとした矢先、楔《くさび》を打ち込まれた。

「それは残念。でも噂の夜叉、どんな恐ろしい男かと思えば、迷子のような顔をするんだね」

今の今、化け物を斬った甚夜に対し、女は怖がるどころか、なにやら微笑ましいものでも見るような眼を向けている。別に腹は立たない。自覚があったからだ。

『人よ、何故刀を振るう』

突き付けられた問いの答えは未だ出ない。迷子と言われれば確かにそうだと納得してしまった。

「……何故、そう思った？」

「そりゃあ仕事柄、男の顔色くらい読めるさ。普段なら口にしないが、あんたはこのくらいで腹を立てもしないだろう？」

誘う笑みで語る女は、なるほど、正確に甚夜の内面を読み切っている。

青い時分はとうに過ぎ去り、隠し事も幾らか上手くなったつもりでいた。それがこうも容易く読まれる。無表情を維持したままではあるが、どうにも居心地の悪さを感じてしまう。

その胸中も彼女には伝わったらしく、やれやれとばかりに肩を竦《すく》めていた。

「悪かったね。別に、あんたをからかうために引き留めたんじゃないんだ。他の用件が、ちゃんとある」

女は気怠い雰囲気をまとわせたまま、空気を撫でるように滑らかに指を動かした。

「夜桜の下の怪。最近、娼婦の間で噂になってるんだ」

噂の出どころは、とある街娼。なんでも最近、吉原の帰り、薄暗い通りで男が幾人も死を遂げているらしい。

吉原は江戸最大の遊郭。毎夜大層な賑わいだが、下級の見世《みせ》でもかなりの金がかかる。庶民にはなかなか手が出ず、行ったはいいが何もせず帰る者も多い。そういう男を狙って、帰り道に誘う夜鷹もいる。

件《くだん》の街娼もその一人。その日、客を求めてさ迷いながら、薄暗い通り、ぽつりと咲く桜の木の下に男の姿を見つけたそうだ。これ幸いと近づくも、男の影になって気付かなかったが別の女がいる。ぼろきれをまとった女、大方自分と同じ夜鷹だろう。そう思い離れようとするも、それより早く男が崩れ落ちた。女の手には血で濡れた包丁。心臓を刺され、息絶えた男。女は、目を背けたくなるほど醜い容貌をしていた。

それからも夜桜の下で男を殺す、醜悪な鬼女の話は囁かれ続けた。

故に、夜桜の下の怪。

今では、夜にその桜へ近づく者は誰もいないという。

「夜鷹は様々な客と寝る。だから寝物語にいろんな話が聞こえてくる。娼婦だけじゃない、吉原に通う男どもも似たような話をしてるんだ。あんたが鬼を討つ夜叉だっていうなら、どうにかしてくれないかい？」

「私は、ただで動くつもりはないぞ」

「そりゃあ道理だ。金ならあたしが払う。少しは手心を加えてくれると嬉しいけどね」

元々妖しげな噂に首を突っ込むのは、力を求めてのこと。本当に怪異があるというのなら、金にはそこまで固執していなかった。わざわざ金の話をしたのは、女がどういうつもりで夜桜の下の怪とやらを解決してほしいと頼んだのか探るためだ。

彼女はほとんど間を置かずに言った。その一瞬だけ、表情が硬くなった。

生活に余裕のない、ぼろを着た夜鷹が、金を払ってでもと語る。それだけで真剣さは理解でき、同時に勘繰りもしてしまう。

「何故、そこまで？」

「さあ、なんでだろうね……なんて誤魔化して話を受けてもらえなかったら、困るのはあたしか」

疑いの目を向けられるのは分かっていたのか、女は静かに目を伏せて、ゆるりと息を吐く。

「大した理由なんてないんだ。けど、引導くらい渡してやりたいじゃないか。同じ女として」

ほんの僅かな間、彼女は夜鷹ではなくただの女となった。溜息交じりに漏らしたのは、怪異の正体にある程度の見当が付いていなければ言えない科白《せりふ》だ。

「お前は、何者だ」

「そう言われてもね」

これ以上は語るつもりもないらしい。夜鷹に戻った女は、意識せずに零《こぼ》れた甚夜の呟きを拾い、ゆるりと微笑んでみせる。

「あたしは夜鷹の夜鷹。名前なんて、それで十分だろう?」

霧雨に佇む、青白い女。

風流と言うならばむしろ彼女の方だろうと、そう思った。


「どうしたのよ、私の顔になんかついてる?」

翌日、昼時に蕎麦屋『喜兵衛《きへえ》』に訪れると奈津がいた。

せっかくだからと同席し、いつものように蕎麦を啜《すす》る。それ自体はよくあることだが、昨夜の一幕が過《よぎ》ったせいか、自分でも気づかないうちに彼女の顔を凝視していたようだ。

「いや、済まない」

「別にいいけど。なんだったの?」

「少しな」

誤魔化せば、奈津が不思議そうに小首を傾げる。

奈津の歳は確か十七だったか。もう少女と呼ぶような歳でもないが、感情が顔に出やすく、多少迂闊《うかつ》だが優しい娘だ。一方、昨夜会った夜鷹は落ち着いた印象とは裏腹に、無遠慮にこちらを見透かした受け答えをした。とはいえ不思議と不快ではなかった。奈津とそれほど歳の差はないはずだが、なんとも妙な女だった。

「いかんぞ、おふう。お前ももうちょっと頑張らにゃ、旦那をかっ攫《さら》われちまう」

「お父さん、本当に何を言っているんですか……」

あちらの親娘は相変わらず。僅かながらに二人の過去を知った今は、それも微笑ましく映る。

会った時から店主が妙に甚夜を買っていたのは、正体が鬼だと看破していたからなのだろう。娘と同じ鬼で、なおかつ理性的。よくよく考えてみれば、自分は婿として最低限の条件は満たしている。それでも店主が性急すぎるのは否定できない。実際、おふうも父親の突飛すぎる発言に呆れた様子だった。

「で、旦那。今度はいったいどんな事件なんで？」

普段とは違う様子から察したのか、店主が茶を出しがてら軽い調子で問うた。

甚夜は一瞬答えるのを躊躇《ためら》う。この場にいる者は、少なからず鬼とかかわりを持った過去がある。今更怪異に関しての隠し立ては必要ないが、夜鷹は庶民からも唾を吐きかけられる最下級の街娼だ。特に女には、春を売って金を稼ぐなど浅ましいと嫌悪する者も多い。それで人を見下すような娘達ではないと知ってはいるが、おふうや奈津がいるのに、「夜鷹から依頼を受けた」と話すのはどうにも憚《はばか》られた。

「なに、また危ないこと？」

「お父さん、お奈津さんも」

無理に聞くものではないと、おふうが二人を窘《たしな》める。

その心遣いがありがたい。だが今回の件は、夜桜の下の怪。花にまつわる怪異であれば、彼女なら何か気付くかもしれない。

結局、甚夜は詳細を適当にぼかしながら、夜鷹から受けた依頼を話した。

夜桜の下で殺される男達。醜い化け物。依頼人は、同じ女として引導を渡してやりたいと言っていた。かいつまんで説明すれば、三者三様頭を悩ませている。

「同じ女として、ですか」

「ああ。おふう、なにか思い当たることはないか？」

「どうでしょう。桜でなく椿《つばき》なら知ってはいますが」

椿ならば、以前おふうから教えてもらった。春の陽光を浴びて咲く薄紅や白の五弁の花で、古くは万葉集の頃から和歌に詠《よ》まれ、多くの歌人に愛された。

また、椿は散る時に花そのものがぽとりと落ちるそうだ。それを落椿《おちつばき》と言い、特有の散り様に愛らしさや情緒を覚える反面、「まるで首が落ちるようだ」と不吉の象徴とも語られる花である。

「椿がどうした？」

「老いた椿の木には精霊が宿り、あやかしと化して人を誑《たぶら》かすと。古い怪談ですが、古椿の霊はほとんどが女。それも大層な美女だそうですよ」

同じように、夜桜の下で殺されるのではなく、夜桜に殺されるのではないかとおふうは言う。

それを受けて、店主も桜にまつわる説話を教えてくれた。

「桜だってんなら、俺は西行桜《さいぎょうさくら》を思い出しますかね。能楽《のうがく》の一つで、そのもの古桜の精が出てくる話でさぁ。古い木に魂が宿りあやかしになるってのは、昔からの考えだったんでしょうね」

今でこそ蕎麦屋の店主だが、彼は元々武家の出。普段の態度からは想像もつかないが、相応の教養はあるらしい。

桜の精か。

甚夜は呟き、俯いて考え込む。響きは綺麗だが、夜桜の下の怪は醜悪な鬼女。何人もの男が殺されており、若干以上に血生臭い。ただ、そういう話もあると、片隅にはとどめておくべきかもしれない。後は、実際にその桜を訪ねてからの話だろう。


立ち並ぶ見返り柳、衣紋坂《えもんざか》を過ぎ五十間の曲がった道の向こうに、吉原大門はある。吉原遊郭の出入り口である木造の門は、ちょうど夢と現《うつつ》を隔てる境であった。

明暦《めいれき》の大火以後、浅草寺《せんそうじ》裏の日本堤《にほんづつみ》に移転したが、当時は一帯に田畑くらいしかない閑散とした土地だった。その後、都市開発が進み道は開けてきたものの、新吉原は田舎ではないにしろ、都市部からは遠い町はずれといった印象は拭えない。そういう立地だから、帰りの道を少し逸れると、人気《ひとけ》の少ない通りへとたどり着く。件の桜は、吉原から離れ眩しさの届かない、開けた通りの傍らに佇んでいた。

老木には薄紅の花。昼間だからか、桜に妖しげな風情はない。むしろ老いた桜がぽつりと咲く姿には、そこはかとない寂寥《せきりょう》を覚える。なんにせよ怪異と化し人を誑かす花にしては、今一つおどろおどろしさが足りなかった。

「趣のある佇まいですねぇ」

甚夜の隣でおふうが、ほぅと穏やかに息を吐く。

日の高いうちから妖しげな噂の流れる桜の下へ訪れたのは、先程の話を確かめるためだ。夜でなければ安全でしょうと、おふうも付いてきてくれた。

実際に噂の桜を見て、甚夜は肩透かしを食らったような心地だった。おふうも素直に花を愛《め》でている。古椿の霊に桜の精、色々と語ってはみたものの、妖しげな雰囲気は感じ取れなかったのだろう。

「鬼女と桜は関係なかった、ということか」

「そうなのかもしれません。ですが、いいものを見られました。遊郭の帰り、ぽつりと咲く古い桜。夜桜心中そのものです」

「それは？」

「歌舞伎の、心中物ですよ」

心中物とは、心中や情死を題材とした人形浄瑠璃やら歌舞伎、歌謡などの総称である。有名どころは、やはり近松門左衛門の人形浄瑠璃だろうか。報われぬ男女の悲哀。現世で結ばれぬのならば、せめて共に逝きたい。成就しない恋の美しさは庶民達の心を捉え、元禄の頃から江戸では心中物が大流行した。

おふうの言う「夜桜心中」も、そのうちの一つである。

呉服屋の若旦那が遊郭の花魁を見初《みそ》め、心を通わせた二人は共になろうと誓い合う。身請《みう》けしようと話を進めるが、呉服屋は火事に見舞われ、命からがら助かったものの若旦那は全てを失ってしまう。

金がなければ身請けはできない。それでも二人は諦めきれない。そうこうしているうちに、花魁には新たに身請けをしたいという男が出てきてしまった。高値で売れるならば遊郭としては相手が誰でも構わない。花魁の心を無視して日取りが決まる。

追い詰められた花魁は男に言う。

あの古い桜の木の下で待っていてください。共に逃げましょう。

そうして身請けの前夜、花魁は遊郭を抜け出し、約束の桜の木へと向かった。

男はそこで待っていてくれた。

手を取り合う二人、しかし遊郭のものが見過ごすはずもなく、彼らは追手に追いつめられる。もはや逃げることは叶わない。

二人は短刀で互いの首を斬り裂き、重なり合うように死を迎える。せめて、幽世《かくりよ》では共にありましょう。短刀は花魁の準備した、嫁入り道具の懐刀だったという。

「なるほど、確かにそのものだ」

花魁と呉服屋の若旦那。遊郭近くに咲く古桜と約束。吉原からそう遠くない位置にある、妖しげな噂の流れる桜。この桜を元に考案した歌舞伎だと言われても納得してしまうくらいの当て嵌《は》まりようだ。

おふうは少しおどけて、歌い上げるような調子で言う。

「鬼女の正体は、実は死にきれなかった花魁だったのです……なんて落ちはどうでしょう?」

「悪くないな」

世辞ではない。情念の果てに鬼女へと堕ちる。数多《あまた》の怪異の中でも定番といえば定番だ。なにより、報われぬ恋に死にきれず鬼となるとは、どこかで聞いた話ではないか。似た顚末《てんまつ》がどこに転がっていても不思議ではない。

過ぎ去った日々が脳裏を過る。見ないふりをするように、甚夜は静かに目を伏せた。

吉原は、江戸幕府によって公認された遊廓である。

元和《げんな》三年（1617年）、日本橋葺屋町《ふきやちょう》に遊廓が許可され、幕府公認の吉原遊廓が誕生した。江戸は開府当初から、女性が極端に少ない男性の街であった。参勤交代で大名に従い江戸へ訪れる藩士は、妻子を国元に残している。一旗あげようとやってくる商人も独り身の男が多かった。それ故に幕府も勤番侍や人足、奉公人の性のはけ口として意図的に遊女街を設けた。明暦の大火で日本橋が焼けた後も、浅草に場所を移し吉原遊郭は続いていく。

吉原はそもそも女性を前借金で縛る人身売買の場所であり、見た目ほどに美しい世界ではない。多くの下級遊女達の境遇は悲惨であったが、吉原の存在は浮世絵や落語、長唄《ながうた》に浄瑠璃など多くの芸能に影響を与え、後の世まで語り継がれていく。煌《きら》びやかな夜の街に、嘘と知りながら男達は美しい夢を見たのだ。

しかし、当然ながら夢にはなれない者もいる。

例えば夜鷹。

吉原ではそれなりの容姿が求められ、年齢も若くなくてはならない。勿論、さほど美しくない下級の女郎もいるが、巷にはそれにすら満たない女も少なくなかった。三十路に届くような年齢でありながら家族がなく、糊口《ここう》をしのごうにも働き口すらない。夜鷹はそういう女の仕事であり、だから最下級の街娼と蔑《さげす》まれる。

彼女らには「二十四文」の異名があり、一晩の相場は二十四文。二人の男に抱かれて、蕎麦三杯の値段。夜鷹とは、その程度の価値しかない女だった。

夢に囚われたのが吉原の遊女ならば、夢から零れ落ちたのが夜鷹といったところか。

その是非は甚夜には分からず、言えることなど何もない。くだらない感傷は早々に捨て、夜の浅草を歩けば、薄闇に浮かび上がる淡い薄紅の花が見えてきた。

「夜桜の下の怪、か……」

夜半、春の朧月《おぼろづき》に照らされる通り。煌《きら》びやかな吉原から離れ、ひっそりと咲く老いた桜の下で甚夜は独りごちた。

ここまでは夜の街の眩しさも届かない。鬼女の噂が流れる今、慎ましやかな淡い花を咲かせる桜に近寄る者は誰もおらず、薄暗い小路は閑散としている。

「ああ、浪人。来てくれたのかい」

こんなところに訪れるのは鬼女か夜叉か、あるいは夜叉にも理解できぬ妙な女くらいのものだろう。

夜鷹の夜鷹。まともに名乗りもしなかった彼女の肌は、うすぼんやりとした朧月の下、ことさら青白く映る。

「まるで幽霊のようだな」

「おや、いきなり失礼じゃないか」

「隠したところで意味もないだろう」

「そりゃあね。あんたは、分かりやすいから」

くつくつと彼女は笑う。

街娼でありながら悲壮な雰囲気はまるでなく、どこか達観している。本当に、妙な女だった。

「しかしなんだ、その呼び方は」

「あたしは夜鷹。なら、あんたは浪人。それで十分だろう?」

親しみを込めるつもりがなければ、取り敢えずの呼称さえあればそれでいい。甚夜としてもその方が気楽であり文句はない。

「じゃあ、後は任せたよ、浪人。夜桜の下の怪を、終わらせてやっておくれ」

夜鷹は一言二言交わし、面倒くさそうに手を振り去っていった。

呼び止めはしない。興味もない。甚夜にとっては、夜桜の下に現れる鬼女の方が重要だ。

どれくらいの時間が経ったろうか。

びゅう、と冷え切った風が吹き抜けた。朧月にかかる雲は流れ、はらりはらりと花弁が舞い散る。そんな頃合いだった。桜の木にもたれ掛かって待つ甚夜の前に、女が姿を現したのは。

粗末な着物……ではまだ上等な表現だ。ぼろきれとしか言いようのない布をひっかけた女。がりがりに痩せこけた体、手にした血で錆びた包丁。微かに漂うのは、酒の匂いだろうか。野放図に伸び広がった水気のない髪、しかも片側は抜け落ちてしまっている。ちらりと覗く顔は醜く爛《ただ》れ、鼻は削《そ》げ落ち、赤褐色の斑点が浮かび上がっていた。

「お侍様……私を、買って、くださいませんか？」

包丁を突き付けながら女は言う。

手も声も震えるのに、放たれる気配に迷いはない。

彼女が夜桜の下の怪に相違ないが、その両の目は黒色だ。つまり、女は鬼女ではなくただの人。噂は怪異でもなんでもなく、眼前の女によって引き起こされた現実の殺人であった。

「遠慮しておこう」

「買って、ください」

「夜桜の下の怪。お前が、そう呼ばれているのは知っているか」

「おねがい、です」

女の焦点は定まらず、会話も噛み合わない。

爛れた皮膚を涙がすべる。気付けば、彼女は泣いていた。

「痛い、いたいんです。体が、だからお願い、買って」

「だから、買う気はないと」

買う気はない。多分、それは禁句だったのだろう。途端に彼女は激昂し、変化する。

「あ、ああ、ああ！」

先程までは確かに人だった。目は黒、怪異の気配もなかった。なのに今は赤目。彼女は、一瞬で鬼となった。

「ちくしょう、ちくしょう！　なんで、私を、私は、ああ！」

飛び掛かる女の動きは、鬼でありながら人よりも遥かに遅かった。

甚夜は刀を鞘《さや》に収めたまま、女を横から小突いた。

ただそれだけ。ほとんど力も入れていないのに、相手は簡単によろめいた。

人から鬼へと堕ちたばかりで、固有の異能にも目覚めていない。それを加味しても、鬼女はひどく弱かった。

「お前は、いったい」

「いたいぃ、いたいよぉ。ちくしょう、殺してやる。ああ、ああ」

女は泣きながら、がむしゃらに包丁を振るう。

夜来《やらい》を抜かずとも体術だけで捌《さば》けてしまう程度だ、脅威には感じない。しかし彼女が夜桜の下の怪と呼ばれた鬼女であるのは間違いなく、放っておけば再び誰かを殺すだろう。ならば捨て置く訳にもいかない。

「……女。私は、甚夜と言う。名を聞かせては貰えないか」

奪うなら背負う。殺す相手の名を聞くのが自分の流儀だ。

けれど女は何も返さない。「いたい、ちくしょう、ころしてやる」口にするのはそれくらい。

そもそも最初から話は噛み合っていなかった。

彼女はとうの昔に壊れていた。おそらく、夜桜の下の怪となるずっと前から。

「残念だ」

甚夜はゆっくりと夜来を抜いた。

武骨な太刀を構え、だというのに、鬼女は警戒もなく突進する。

哀れと思わないでもないが、買う気も見逃すつもりもない。名前を聞けなかったのは残念だが、それも所詮は自己満足だ。加減はしない。ただ、自身の都合で誰かを斬り捨てる男ならば、いつかは報いを受ける日も来るのかもしれない。

嫌な想像を振り払うように、脇構えから左足で大きく踏み込み、勢いを殺さぬまま横薙ぎへ繋げる。

抵抗はなかった。

僅かな酒の匂いが、血の生臭さで塗り潰される。

幾人もの男を殺した鬼女は、最後にはいとも容易く斬り伏せられ、自らの屍を夜桜の下に晒した。ここに夜桜の下の怪は、あまりにも呆気なく終わりを迎えたのである。

◆

吉原遊郭。

華やかな花魁は見目麗《みめうるわ》しく、江戸中の男が憧れ恋をした。けれど、花魁となり大名や裕福な商家に身請けされる遊女はごく一部。ほとんどは中級、下級の遊女であり、馬車馬のように働いても、食事は粗末なものばかり。見世では折檻《せっかん》を受け、男に買ってもらおうと自腹で着飾り、増えた借金の為にまた働く。

それでも逃げない。逃げる場所などないと知っているから。

煌びやかな嘘で飾り立てられた吉原も、裏を覗けばそんなもの。多くの遊女達は夢に囚われたまま、厳しい生活に耐えかねて、その命を落とした。

そんな吉原の遊女が最も恐れた病気は梅毒《ばいどく》だった。

鳥屋《とや》につく、という言葉がある。鷹は羽毛の生え替わる時期、鳥屋（鳥を飼っておく小屋）に籠《こも》りじっとしている。季節になれば、鷹の羽は抜け落ちる。その姿が、梅毒にかかり閉じこもった遊女の毛髪が抜け落ちていく様に似ているため、吉原では梅毒にかかることを「鳥屋につく」と言った。

吉原では「鳥屋についてこそ遊女は一人前」とされた。梅毒にかかると自然に流産、死産が多くなる。遊女にとって妊娠は恥。そのため、孕《はら》まない遊女は高値で取引された。にもかかわらず梅毒は遊女に恐れられた。梅毒は治療法のない病気だったからだ。

稼ぎが多い花魁などの高級遊女ならば、「出養生」といって別荘での療養もできたが、下級遊女はそうもいかない。一時期高値で買われたとしても、すぐに体は動かなくなってしまう。病気が進行すれば、赤い発疹《はっしん》が生じ皮膚は爛れ、全身を尋常ではない痛みが襲う。鼻や陰部など末端の肉が削げ落ち、臓腑も腐り、最後には頭の中まで駄目になって、何も分からなくなり死を迎える。

「いいや、素直に死ねればいい方さ。大抵はそうなる前に吉原を追い出される。梅毒で鼻の削げ落ちた女なんざ、飼ってる意味もないからねぇ」

春の朧月、夜桜の下、遠い目で夜鷹は語る。

鬼女を討ち果たした翌日の夜半、彼女は甚夜を件の桜に呼び出し、約束の金を払った。

袋に詰められた銭の中から受け取ったのは二十四文、夜鷹の一晩の値段だけ。それで十分と、甚夜は残りを無理矢理突き返した。

ならば代金代わりにと、夜鷹は知っている限りを話してくれた。

語るのは吉原の裏と梅毒、そして捨てられる遊女。男達が見る華やかな夢ではなく、女にしか見えない夢の裏側だった。

「夜鷹に身を落としたり、親元に帰されたりするのもいるけど、だいたいはそこいらに捨てられて野垂れ死にだ。あんただって見たことくらいあるだろう?」

「まあ、な」

道端で死に絶えた遊女など珍しくもない。それでも男達は夢を見る。煌びやかな嘘に飾り立てられた夜の街。夢が綺麗なのは、汚い部分を見ようとしないからなのかもしれなかった。

「でも、あれは生き残っちまったんだろうねぇ」

夜桜の下の怪は、そうやって捨てられた遊女が鬼となったもの。吉原に閉じ込められ、性の捌《は》け口として男に抱かれ、梅毒にかかり放り出された。自由になっても生き方は選べず、夜鷹へと身を落とした。体を売るしか生きる術はないと、壊れてしまっても、彼女は覚えていたのだ。

けれど、誰も彼女を買おうとはしなかった。

「夢に囚われ、夢を売って。病にかかって捨てられたら、夢に苛《さいな》まれたまま男を殺す鬼女になる。いくら何でも、あんまりじゃないか」

痛みに苛まれ、かつての容姿を失い、それでも生きるために買ってくださいと懇願した。なのに、男は醜い姿に怯え逃げ出す。こうなったのは、男のせいなのに。だから売春を断られる度に殺した。身勝手な男が許せなかった。壊れたまま夜毎にそれを繰り返し、いつしか彼女は男を殺すだけの怪異となった。

それが夜桜の下の怪。

あまりにも哀れな、名も知らぬ遊女の末路だ。

「依頼した理由は同情か？」

「感傷さ。あたしも、いつかはああなるかもしれない。そう考えると、放っておけなくてね」

してやれることはなにもない。だからせめて、引導を渡してあげたかった。

それが夜鷹の望み。

同じ女、同じく夢から零れ落ちた遊女として。夜桜の下の怪となった名も知らぬ誰かを、苛む夢から解き放ってやりたかったのだろう。

「感謝するよ、浪人。嫌な思いをさせたね」

甚夜の表情は変わらない。しかし哀れな女を斬り捨てたことに、少なからず悔いはあった。

そういう胸中を自然と察する辺り、この女はやはり心の機微に敏《さと》い。

「ついでに、もしもあたしが夜桜の鬼女になったなら、その時はひと思いにやっておくれ。金は払ってやれないけどね」

「ただ働きは勘弁してくれ」

「おやおや、つれないねぇ」

ただ働きをするつもりはない。だから、斬らせるような真似はしてくれるな——言葉の裏を正確に読み取った夜鷹は、素直でない甚夜の憮然とした表情に、柔らかな苦笑を零した。

「それじゃあ、また」

物憂げに桜を一瞥《いちべつ》してから、簡素な別れの挨拶を残して夜鷹は去っていく。

春の風に舞い散る夜桜、青白い肌は朧月に映えて。溶け込むように夜へ消えていく様は、優美と言ってもいいのかもしれなかった。

「妙な女だ……」

一人取り残された甚夜は、夜桜を眺める。

夜にはらりと舞う、薄紅の花。

風情に酔いしれ、ふと浮かんだのはおふうの話。

夜桜心中。遊郭から逃げる花魁と男が、幽世では共にあろうと、夜桜の下で命を落とす。

「なあ、もしかしてお前は……」

あの鬼女は、待っていた。いや、探していた？

花魁にとっての若旦那を、苦しみから連れて逃げてくれる誰かを探して。けれど出会えないから、男を殺し続けていたのではないだろうか。

浮かんだ想像を振り払い、溜息と共に外へ吐き出す。

「……詮のないことか」

所詮は想像だ。事実かどうかは分からないし、今更知る術もない。もしそれが真実だったとしても、与えられない救いを求めた鬼女の哀れさが浮き彫りになるだけ。ならば考えたところで意味はない。

甚夜は夜桜に背を向けて歩き始める。

はらり、桜は地に落ちて。

知られぬ想いも花弁も、季節が終わる頃には、土になって消えるだろう。

花宵簪《はなよいかんざし》

1

嘉永《かえい》七年（1854年）・夏。

江戸の夏の風物詩を語るならば、浅草寺の四万六千日《しまんろくせんにち》は外せないだろう。

観音菩薩の縁日といえば毎月十八日というのが一般的であるが、室町時代以降、これとは別に功徳日《くどくにち》というものが設けられている。功徳日に参拝すれば大きな功徳が得られると言われ、中でも七月十日は千日分と最も多く「千日詣《せんにちまいり》」とも呼ばれた。浅草寺ではこの日を「四万六千日」と言い、参拝すれば四万六千日分に等しい功徳が得られるとされている。

さて、浅草寺の四万六千日に一番乗りで参拝したいという民衆は多く、前日から大層な人出となる。こういった大きな縁日では、参拝客目当ての市や祭りが催されるのは通例だった。浅草寺でも「ほおずき市」が開かれ、参拝客は仲見世《なかみせ》を練り歩きながら、この盛大な市を楽しむのだ。

「ってなわけで、どうだ？　明日のほおずき市、俺達も行かないか？」

茹《う》だるような夏の日のこと。善二《ぜんじ》は喜兵衛に入って来た途端、滔々《とうとう》とほおずき市について語り始める。彼も江戸っ子、この手の騒ぎには目がないらしく、ひどく興奮した様子だ。

「あぁ、もうそんな時期ですかい」

店主が感慨深げに頷く。

昼飯時に差し掛かり、喜兵衛はそれなりに客が入っていた。

もっとも居るのは甚夜、奈津に善二、そして以前の依頼から常連となった直次《なおつぐ》の四人。つまるところ、いつもの面子が集まっただけに過ぎない。皆、いきなり捲《まく》し立てられて面を食らっているが、語り切った善二の方は何やら満足そうである。

「ねぇ、善二。仕事は？」

「昼飯食ってくるって言って出てきました。市の日なら、ちゃんと旦那様から休みをもらうつもりです」

「あんたねぇ……」

奈津は半目で冷たい視線を送っていたが、善二はそんなもの関係ないとでも言わんばかりの満面の笑みだ。

軽い言動とは裏腹に、善二は須賀屋《すがや》では手代《てだい》に就き、次期番頭にと期待されている。そんな男が祭りのために仕事を抜け出す。須賀屋の旦那も頭が痛いだろう。

「まま、そう言わんでくださいよ、お嬢さん。大きな催しがあるなら、はしゃいで騒いで楽しみたいってのが人情じゃないですか」

「そうですねぇ、折角の市ですし」

「さすがおふうさん、分かってる」

おふうの同意を得て強気になった善二は、食事を終え、のんびりと茶を飲んでいる直次に向き直った。武士と町人、身分は違うが友人として気安い関係を築いているらしく、ばしばしと肩を叩いている。

「直次。お前もたまには羽目を外さないか？」

「あんた、三浦《みうら》様に失礼でしょう」

「いやいや、もう俺達は気の置けない仲ってやつでして。で、どうだ」

善二の言に直次もその通りだと頷く。ただ祭りに関しては、申し訳なさそうに頭を下げた。

「すみません。私は城に行かねばなりませんので」

「ああ、そりゃそうか。残念だな……」

彼は幕府に仕える表右筆《おもてゆうひつ》。真面目な彼からは色よい返事はもらえなかった。

仕方がないと善二は唸り、今度は甚夜の方に狙いを定めた。武士である直次はともかく、甚夜は定職を持たぬ浪人。鬼の討伐依頼が無い限り基本的には暇ではあり、断るまいと踏んでか、ぐっと身を乗り出す。

「んじゃ、甚夜。お前は空いてるだろ。勿論行くよな？」

「いや、遠慮しておこう」

「せめて考えるくらいしてくれ……」

食い下がる善二に甚夜は悪いとは思いながらも、首を縦に振らなかった。

酒くらい呑むし、餅も好んで食う。生きることを楽しむとまではいかないにしても、以前より少しは余裕が出てきたように感じる。だが、そこまで盛大な催しはさすがに気後れしてしまう。脳裏には、首を引き千切られ死んだ白雪《しらゆき》の姿がまだ焼き付いている。それを忘れて娯楽に興じるなど、許されない気がした。

「甚夜君、行ってみたらどうです？　たまの息抜きですよ。まだ、先は長いんですから」

無表情の奥になにかを感じ取ったのか、ゆったりとおふうが笑う。

先は長い——その意味を間違えない。鬼の寿命は長い。それを考えれば祭りに興じたとしても所詮はたまの息抜き、瞬《まばた》き程度の時間でしかない。ならば蕎麦を食うのも酒を呑むのも、祭りに行くのも変わらないだろう。大雑把なようで細やかな配慮が何気ない言葉の裏にはある。

「そうね、私も行こうかな。あんたも来るなら磯辺餅くらい奢《おご》ってあげる」

「なんで磯辺餅なんですか、奈津お嬢さん？」

「さあ、なんでかしら」

首を傾げる善二に、笑いを噛み殺して彼女はとぼける。

そう言えば餅が好きだと伝えたのは奈津だけ。店主らも不思議そうな顔をしていた。

「こうまで誘われているのだから、甚殿も行かれては？」

「直次」

歳が近く見えるせいもあるのだろう。直次は甚夜に対して、ほんの少しだが砕けた態度を取る。生真面目な彼にしては珍しく、朗らかな笑みを浮かべていた。

「私は行けませんが、どうぞ代わりに楽しんできてください」

いつの間にか視線がこちらに集まっている。

悪気はなく、彼等の優しさの表れだと分かっている。ありがたいとは思うが、いくら言われても答えは変わらない。

「折角の誘いだが、明日はこちらの予定がある」

腰の刀を少し動かしてみせれば、奈津が「また鬼退治?」と嫌そうに顔を歪めた。

頷きで返す。嘘ではない。ただ、依頼は夜なので、本当は市の時間は空いている。彼らの心遣いを無下にするのは悪いが、やはり行く気にはなれなかった。

「そりゃ、仕方ねぇか。じゃ、おふうさんはどうです?」

「私は……」

店の手伝いがあるからか、おふうは少し躊躇《ため》った様子だった。しかし店主の方が、大丈夫だと朗らかに笑う。

「おふう、お前も行ってきたらどうだ?」

「え、でも」

「なあに、気にすんな。どうせ客なんてこねえ。俺一人でも何とかならあ」

心配する娘と、せっかくの祭りだから楽しんでこいと促す父親。言い合いはしばらく続いたが、最後はおふうの方が折れた。

「滅多にない機会だ、たまにはお前も羽を伸ばしてこい」

「……それなら、はい。善二さん、よろしくお願いします」

「よっしゃ。悪いなぁ、甚夜、直次。明日は両手に花で楽しんでくるわ」

結局、ほおずき市に行くのは、善二と奈津、おふうの三人になった。

勝ち誇って笑う善二にどういう反応をすればいいのか分からず、男衆は曖昧な表情で眺めていた。

◆

「で、休みを貰えず来られなくなった、と」

「まあ、そういうことね」

ほおずき市当日、雷門《かみなりもん》の前には女二人しかいなかった。

——阿呆が、人の休んでいる時に働くのが商人というものだろう。

祭りを楽しみにしていた善二だが、主人の重蔵《じゅうぞう》にそう言い負かされ、今も須賀屋で働いている。

奈津からすれば当然の流れだった。

「お父様だもの、そうなるわよね。本気で泣きそうな顔してたわよ、あいつ」

「あはは……」

下っ端ならともかく、善二は須賀屋の手代。そうそう休めるような立場ではない。

彼の人となりを知っている分、落ち込んでいる姿が容易に想像できたらしく、おふうは乾いた笑いを浮かべていた。

「……どうします？」

「せっかく来たんだし、一緒に回らない？」

「そう、ですねぇ。女同士もいいかもしれませんね」

「ええ、馬鹿な男どもはほっといて」

お互い口元を隠し笑い合う。今迄にも二人で出かける機会はあり、遠慮のいらない間柄だ。予定の外ではあったが、これも悪くないと女二人で並んで歩き始める。

「じゃあ、行きましょうか？」

「はい」

浅草寺の雷門から宝蔵門に至る表参道の両側には、みやげ物、菓子などを売る商店が立ち並んでおり、俗に仲見世と呼ばれている。夏の日差しが照り付ける中でも仲見世は人でごった返し、息をするのも一苦労だ。しかし祭り特有の活気に自然と心浮かれて、女同士気兼ねなく店を冷やかしながら、時折菓子を買ったりもした。

「すごい人出」

「本当に。それにしても、殿方には見せられませんね」

手には先程買った饅頭《まんじゅう》。少々はしたないかもしれないが、食べ歩きは市や祭りの醍醐味だ。

「いいじゃない、市の時くらい」

一口かじって奈津とおふうは二人して笑った。

それからも行灯《あんどん》やら櫛《くし》、団子など人の流れに沿って店を見て、辿り着いたのは朱塗りの立派な寺院、金龍山《きんりゅうざん》浅草寺である。

浅草観音とも呼ばれるこの寺の歴史は古く、推古天皇の頃（628年）、隅田川下流で漁をしていた兄弟が網にかかった観音像を発見し、草ぶきの堂に安置したことに始まるとされている。江戸幕府開府後は徳川家の祈願所として厚遇され、歳の市や蓑市《みのいち》、ほおずき市などの恒例行事は大層賑わい、東国随一の盛り場として名を知られていた。

「夏も盛りねぇ」

ほおずきの赤を眺めながら奈津が呟く。境内に入れば、ほおずき市の名の通り、多くのほおずきの露店で賑わっている。ざっと数えても五十では利かない。

この時期のほおずきは、花ではなく果実の形だ。鮮やかな橙《だいだい》色をした六角形の果実が垂れ下がる姿は、まるで提灯《ちょうちん》のように見える。そもそも花よりこの果実の方が有名で、夏の風物詩として定着している。時折流れる涼やかな風に揺れるさまは、なんとも愛らしい。

「そういえば、なんでほおずきって言うの？」

おふうは草花に造詣が深い。もしかしたら面白い話でも知っているかもしれないと問うてみれば、すらすらと答えが返ってくる。

「実が頬のように赤いから頬付きとか、身が火のように赤いから火火着《ほほつき》が転じたとかいろいろな話がありますけど、詳しいことは分かっていないそうですよ」

「ふうん」

「鬼の灯りと書いて鬼灯《ほおずき》と読ませたりもします。提灯みたいな果実は、鬼が動く為に点けたともしびなのかもしれませんね」

「やめてよ、飾れなくなるじゃない」

鬼にはあまりいい思い出がない。記憶の中の醜悪な鬼、あれはあれで自身を見直すきっかけになったのだから、悪いだけでもなかったのかもしれない。それでも、奈津からすれば嬉々として語れる過去ではない。

「鬼は嫌いですか？」

「好きな人を探す方が難しいわよ」

「ふふ、そうですねぇ」

人と鬼は相容れない。当然で、今更過ぎる話だ。

おふうは楽しそうに笑っていた。その内心は計れなかった。

「私は二回も鬼に襲われたんだから。正直、あいつがいなかったら今生きてないと思うわ」

「あいつって、甚夜君ですか？」

「ええ。もう四年くらい前かな。二晩だけど、私の護衛をしてくれたの。子供心に思ったわよ。ああ、読本の剣豪がそのまんま目の前にいるって」

「渡辺綱《わたなべのつな》とか？」

「うん。鬼の腕を斬り落とすとかあり得ない、なんて思ってたけど実際にやる奴がいるのね」

――私の腕はいくらで買ってもらえる？

皮肉な科白《せりふ》と共に颯爽と現れ、一太刀で鬼を葬る剣豪。まるで歌舞伎の見栄《みえ》のように堂々たる立ち振る舞いは、恥ずかしさから表には出さなかったが、子供心にほんの少しの高揚を覚えたものだ。

「お奈津さんは甚夜君が好きなんですねぇ」

「だから、そういうのではないの」

からかいなど微塵もないおふうの素直な感想に、ほんの少し頬を染める。けれど、それは違うのだと思う。動揺も一瞬、奈津は静かに視線を逸らした。

「あいつはね、読本の中の存在だったのよ。刀一本で鬼を討つ剣豪。ほら、いかにもありそうじゃない？　……そう、思ってたんだけどね」

見詰める先にはほおずきがある。沈んだ気分のせいか、赤い実が風に揺れる様は、頼りなくゆらめく灯火と重なった。

「時々、自分でも分からなくなる時があるんだ。何故こんなことをしているのか」

奈津は、いつか甚夜が口にした言葉をなぞる。おそらくは、あの時が彼への印象を改めたきっかけだろう。

「前にそう言ってた。私にとって、あいつはそれこそお伽噺《とぎばなし》みたいなやつで……なのに、なんでだろう。あの時の横顔は剣豪どころか、すごく弱々しく見えたな」

あれだけの偉丈夫《いじょうふ》が、あまりに小さく感じられた。けれど情けないとは思わなかった。抱いたのは、逆の感情だった。

「でもね、それが嬉しかったの」

「嬉しい？」

「そう。たぶん、私はあいつに自分を重ねているのよ。見たくないものに蓋をして、醜い本心を隠して、そのくせ誰かに愛されたくて。私はそれを認めることもできなかった。でも、本当はあいつも私と同じで……同じように弱いから、安心できるんだと思う」

だから、胸に宿る感情は恋慕ではない。同病相憐《どうびょうあいあわ》れむ。ぬるま湯につかり、傷をなめ合うだけ。それを表現するのに、「好き」という言葉は少しばかり綺麗過ぎる。

「こんなのを、好きだなんて言ったら、世の男女に失礼よ。……ごめんね、変な話をして」

「いえ、そんな。でも、甚夜君と同じなのは、確かにそうかもしれません」

「え？」

「自分の気持ちから必死に目を逸らそうとするところなんて、そっくりですから」

たおやかな笑みだった。初めて見る、母のような、柔らかな佇まい。歳はほとんど変わらないだろうに、おふうがやけに大人びて見えた。

そう言えば、彼女はあの男をどう思っているのだろう。気になって、奈津は遠慮がちに問いかける。

「ねえ、おふうさん」

「ちょいとそこのお嬢ちゃんら、見ていかへん？」

そこで、いきなり横から遮るように呼び止められた。びくりと体を震わせ、奈津は慌てて声の方に視線を向ける。

ほおずきの植木が立ち並ぶすぐ隣、敷物を広げ小物が並べられた一角。あぐらをかいて手招きをする男がいた。

露天商、なのだろう。ほおずき市の時期を狙って、小間物を売りさばこうとしているらしい。武家には見えないが、男は水干《すいかん》に似た衣を着ている。商いをするにしては妙な格好だった。烏帽《えぼ》子《し》を付け、落ち着いた色合いに整えれば、神事に携わる神職である。

「あら、秋津《あきつ》さん？」

「おふうちゃん、こんにちは」

「今日はどうされたんですか？」

「見ての通り、物売りの最中や。よかったら買《こ》うてって」

幼子を相手にするような口調だった。

どうやらおふうはこの露天商と面識があるようだ。なんとなく気が抜けて、男に聞かれないよう、おふうの耳元に口を寄せて確認する。

「なに、この人？」

「去年くらいから、うちに出前を頼まれている方です。京から来たらしいですけど」

「ああ……」

そう言えば以前、店主も似た話をしていたような気がする。

改めて見れば秋津と呼ばれた男は、張り付けたような笑い顔をしている。初対面で失礼とは思うが、なんとなく胡散臭い。

「秋津染吾郎《そめごろう》や。よろしゅう、お嬢ちゃん」

「ふうん、ずいぶん大仰《おおぎょう》な名前なのね」

奈津の目が、自然と冷ややかなものに変わる。

秋津染吾郎というのは、明和《めいわ》から寛政《かんせい》（1750〜1800年頃）にかけて活躍した金工《きんこう》の名だ。櫛や刀装具など金属製の細工を扱った職人で、簡素ながらも繊細な浮彫の技術は今に至っても人気がある。染吾郎の櫛は須賀屋でも滅多に入らない逸品だった。

そんな職人の名を使う、いかにも軽薄そうな男。懐疑の目を向けるなという方が難しい。

「名前は気にせんとって。そんなんより、見てってえな」

広げられた小間物は多岐に渡った。根付《ねつけ》や簪《かんざし》、櫛に手鏡。張子《はりこ》や煙管《きせる》。木彫りや鉄の細工が交じった、とりとめのない品揃えである。しかし、乱雑に並べられただけの商品の一つ一つを見れば、物自体は決して悪くない。

「そやなぁ、お嬢ちゃんくらいの歳の頃なら、こんなんどない？」

それらを一つ一つ指で確認し、染吾郎が手に取ったのは、内側に蒔絵《まきえ》が描かれた、一対の蛤《はまぐり》の貝殻だった。

「合貝《あわせがい》？」

「お、よう知っとるね」

「これでも商家の娘だもの」

須賀屋も櫛や根付などの小間物を扱う店だ。合貝も取り扱っている。ある程度知識のある奈津の目から見ても、染吾郎の勧める品は見事だった。黒漆の地に描かれた鮮やかな春景色の蒔絵は、露店で転がされているのが不思議なくらいの出来栄えだ。

「古い品みたいだけど、いい出来ね」

平安の頃から伝わる貴族の遊びに、貝合わせというものがある。合わせものと呼ばれる遊びの一種で、貝殻の色合いや形の美しさ、珍しさを競ったり、貝を題材にした歌を詠《よ》んでその優劣を競い合うものだ。この貝合わせから発展したのが貝覆《かいおお》い。二枚貝を二つに分け、一方を持ってもう一方を探し当てる。現代で言う神経衰弱に近い遊戯である。

合貝は貝覆いに使われる二枚貝を指す。江戸に入ると内側を蒔絵や金箔で装飾された蛤の貝殻が使用されるようになり、遊びのための小道具から小物の一種としても扱われた。蛤は貝殻を二つに分けても、ぴたりと嵌《は》まるのは元々対となっていたものしかない。そのため夫婦和合の象徴と考えられ、公家や大名家の嫁入り道具にもなっている。庶民でも婚約の際に合貝の片方を相手に贈るのは珍しくなかった。

――この蛤の貝殻と同じように、お互いにとって代わるもののない、深い絆で結ばれた夫婦となりましょう。

大切な誰かに贈る合貝は、離れることのない愛の誓いだった。

「お嬢ちゃんの歳なら、気になるお人くらいいてるやろ？　これ贈って告白したら成功間違いなしや」

「……別に、そんな相手いないけど」

ぼそぼそと呟く奈津に、染吾郎は笑みを崩さない。

実際、相手などいない。なのに、おふうは横で悪戯っぽい表情を浮かべていた。

「いえいえ、この娘は素直じゃないですから。本当はいるのに照れて言えないだけなんです」

「ちょっと、おふうさん」

「あはは、かいらしい子ぉやなぁ。そんならこっちはどない？」

そう言って次に指し示したのは、木彫りの、でっぷりとよく太った雀《すずめ》の根付である。

「福良雀《ふくらすずめ》の根付や。この子もかいらしいやろ？　僕が作ってん」

福良雀は肥え太った雀、あるいは寒気のために羽をふくらましている雀を言う。丸みを帯びた愛嬌のある福良雀は、根付の造形として人気が高かった。

「確かに可愛いわね。……染吾郎には程遠いけど」

「なかなか言うなぁ。そやけど、これはお嬢ちゃんにぴったりやと思うで？」

その意味が分からず小首を傾げれば、染吾郎は穏やかな調子で語り始める。

「清（中国）ではなぁ、雀は蛤になるそうや」

「雀が蛤に？」

「そ。雀海中に入って蛤となる。まあ、迷信やね。晩秋、雀が人里におらんようなるのは、海で蛤になっとるから、って話や」

「だから？」

「お嬢ちゃんには蛤はまだ早いみたいやから、雀の方がお似合いやろ？」

「あんたこそ、言うわね……」

蛤の合貝よりも福良雀の根付がいい。彼の科白はつまり、お前は愛だの恋だのを謳《うた》うには子供過ぎると言ったようなものだ。

奈津は半目で染吾郎を睨み、しかしそんなものどこ吹く風。胡散臭い、張り付けたような笑みはそのままだ。

「別に馬鹿にしたわけちゃうよ？　今は寒さに耐える福良雀でもええと思う」

そこで男は一息吐き、優しく頬を緩ませた。

「そやけど心は変わるもんや。お嬢ちゃんの想いも、いつか蛤になれるとええね」

福良雀の羽毛に包んだ想いが、いつか素直に合貝の愛を伝えられますように。

その言葉にほんの少しだけ心を揺さぶられた、それを自覚してしまった。何となく負けたような気になり、奈津は悔しさに顔をしかめる。

「……別に、そんなつもりないけど。でも確かに可愛いし、一つ貰うわ」

「九十。いや、八十文でええよ」

「ええよ、とか言いながら、そこそこ高いじゃない」

「そら僕も生活かかっとるからなぁ」

高いとは思うが、取り出した財布は引っ込めない。癪《しゃく》ではあるが先程の与太が悪くなかったのは事実。不満に唇を突き出しながらも、ちょうどの銭を払う。

「まいど」

「ありがと」

福良雀の根付。手に乗る程度の大きさのそれを握り締める。温かな木の感触にふと考える。季節を跨《また》いだ雀が蛤となるように、いつかはこの心も姿を変えるのだろうか。

らしくない、と奈津は照れて俯いた。感傷的になるのは、おそらく、あの変な男のせいに違いなかった。

「そや、これおまけに持ってき」

「え、いいわよ。悪いし」

「気にせんでええて」

そう言って押し付けられたのは金属製の簪。意匠《いしょう》は小さなほとときすで、簡素ではあるが品のある装飾だ。遠慮しながらも押し切られ、手にした簪を確認して奈津はぎょっとする。

「これ、本物の染吾郎の簪？」

確かに彼はかの金工の名を名乗ってはいるが、まさか本物を持っているとは思っておらず、驚きに目を見開く。まかり間違っても、おまけに渡すような代物ではなかった。

「二束三文で手に入れたもんやから、気にせんとって。いらんなら捨ててまうよ？」

「捨てるって」

「だから、貰ったって」

明らかに嘘だ。染吾郎の作は人気が高く、店に並べばそれなりの値が付く。それを簡単に捨てるなど、どうかしているとしか言い様がない。

正直、これ程のものをただで貰うのは気が引ける。しかし、相手は「返品は受け付けとらんよ」と朗らかに笑う。どういうつもりかは分からないが、こうまでされては首を縦に振るしかない。

「それじゃあ……ありがと、でいいの？」

「ええて、ええて。お嬢ちゃんなら、その子も喜ぶと思うし」

ごく自然に、染吾郎は簪を子供のように扱う。胡散臭いが、物に愛情を持てる男ではあるのだろう。奈津は若干ながら彼の評価を改め、もう一度手元に目を落とす。

ほととぎすの簪は、やはり細やかで優美な造り。紛うことなき逸品である。

「おふうちゃんもどない？」

「私は遠慮しておきます」

「あらら、意外と財布の紐固いなぁ」

大げさに項垂《うなだ》れて見せる。それが滑稽で二人はくすくすと笑った。

なんとも不思議な露天商だ。ところどころ腑に落ちない点はあったが、流れの商人との会話も、市の醍醐味といえばそうなのだろう。実際いい買い物ではあったので、それなりに気分は良かった。

「じゃ、ありがと。おふうさん、そろそろ行く？」

「そうしましょうか。秋津さん、お暇《いとま》させて頂きますね」

「うん、折角の市、楽しんできてな」

軽い挨拶を交わして、再び市を見て回る。青い空、刺すような日差しに目が眩む。炎天の下、ほおずきの橙が揺れていた。

◆

浅草は江戸でも随一の繁華街である。

ここまで発展した背景には、浅草御蔵《おくら》と呼ばれる江戸幕府最大の米蔵の存在があった。この蔵は単なる米の保管場所ではなく、年貢米の収納や幕臣団への俸禄米《ほうろくまい》が納められている。俸禄米とは旗本・御家人達の給料にあたるもので、これを管理出納する勘定奉行配下の蔵奉行をはじめ、大勢の役人が敷地内や近隣に役宅を与えられ住んでいた。

浅草御蔵の西側にある町は江戸時代中期以降、蔵前《くらまえ》と呼ばれるようになり、多くの米問屋が立ち並び商いを営んでいる。

夜半、甚夜が訪れたのは、蔵前の米問屋がある一角から少し離れた場所にある酒屋だった。水城屋《みずきや》。裏手には二つの蔵を有した規模の大きい商家で、そのうちの一つに入り、ゆったりと抜刀し脇構えを取る。

埃っぽい匂い。蔵の中の米は運び出されており、十分な広さがある。これなら立ち回りも楽だ。

唸るような声が響く。蔵には一匹の鬼が潜んでいた。

「名は」

いかなる経緯で生まれたかは分からない。

青白い肌、赤い目。憤怒の形相。その鬼はまだ童《わらわ》、甚夜の半分程度の背丈しかなかった。

『……菊夫《きくお》』

名を刻む。

同情はあるが、興味はない。女だから、子供だから。斬るを躊躇う理由にはなり得ない。

一太刀の下に斬り伏せる。それで終わり。白い蒸気が立ち昇り、後には何も残らなかった。

ちくり。少しだけ残った胸の痛みには気付かないふりをした。


「ああ、ありがとうございます！　おかげでようやく安心して眠れるというものです！」

「いや」

水城屋の主人は大げさに騒いでいるが、所詮は下位の鬼。一振りで終わるような雑魚《ざこ》を相手取った程度でそこまで感謝されても困る。

そもそもあの鬼は悪さをしておらず、ただ蔵にいただけ。そのような者を斬って捨て飯の種にするのは下衆《げす》の所業だ。表情には出さず静かに自嘲した。

「これは約束のものです」

布に巻かれた金を受け取り、中身を確認する。

二両。酒屋の規模は大きい。よく稼いでいるのか、やけに太っ腹だ。

「確かに」

「あっと、そうだ。うちの自慢の酒持っていかれませんか？　いやあ、最近いいのが入りまして。まだ売りに出していない一品ですよ」

「いえ、これ以上はもらえませんので」

「そうですか、残念ですねえ」

好意で言ってくれるのだろう。だが、この男からはこれ以上貰いたくはない。

表面上は丁寧な態度を崩さず、主人の申し出を失礼にならぬよう拒否する。

「では、これにて失礼します」

「いやいや、本当にありがとうございました。もし、また何かあればよろしくお願いします」

二度目はごめんだ。割りのいい仕事だったというのに、そう思ったのは何故だろう。甚夜自身にもよく分からなかった。


「あぁ。待ってたよ、浪人」

星以外に光のない夜。酒屋から出てすぐに声を掛けられた。

気怠い雰囲気。だらしなく着崩した装い。不健康そうな白い肌と細い体、ゆるやかな動作はどこか艶がある。投げ捨てるような微笑みで姿を現したのは夜鷹。少し前に知り合った女だった。

「怪我はないみたいだね」

「なんだ、気をもんでいたのか」

「そりゃそうさ、あたしの売った情報で死なれちゃ寝覚めが悪い」

夜鷹は遊女同士で横のつながりを持ち、様々な男と寝て、普通ならば知り得ない情報を得ている。情報屋と考えれば彼女は有能で、夜桜の下の一件以降、甚夜は時折金を払い、鬼の噂を探って貰っていた。今回の依頼も夜鷹から受けたもの。そのため情報料として報酬のうち一両を取り出し投げ渡す。

「こんなにいいのかい？」

「ああ」

「売女に同情……って訳でもなさそうだねぇ。嫌なことでもあったたって顔だ」

あんな仕事で得た金だ。素直に喜べず、だから半分を受け取ってもらいたかった。

こちらの意を察したようで、夜鷹はそれ以上何も言わず金を懐にしまう。

礼を言われても反応に困るところ。正直、助かった。

仕事柄か、彼女は心の機微に敏《さと》い。普段ほとんど表情の変わらない甚夜の内心を読み取れる数少ない人物であった。

「斬りたくないものを斬った。それだけだ」

「でも、斬らないなんて選べない？」

眉をひそめ横目で見る。

夜鷹はにたにたといやらしい笑みを浮かべている。

「くっくっ、あんたは分かり易いねぇ」

見透かしたような顔。しかし不愉快とは思わない。

どうにもよく分からない、妙な女ではある。それでも、おふうや善二達とは形こそ違えど、ある程度は気を許していた。

「そんなに気分が悪いなら、どうだい。また一晩相手をしようか？」

「いや、遠慮しよう」

「そりゃ残念。それは次の機会にするよ」

気怠げな様子は変わらぬまま、ゆったりと舞うように踵《きびす》を返す。そういう立ち振る舞いが様になるのだから見事なものだ。

「ああ、そういえば」と、数歩進んでから、振り返らずに夜鷹は言った。

「最近鬼を退治する男がいるって噂があるんだ。あんたのことじゃないよ。なんでも、式神《しきがみ》を操る陰陽師って話さ」

「陰陽師？」

「犬だの鳥だのを操って鬼を討つらしい。所詮寝物語、どこまでほんとかは知らないけどね」

そうは言うものの、わざわざ彼女が口にしたのだ。ただの噂で終わらせるには若干引っ掛かる。

素直に受け止めた甚夜の態度に感じ入るものがあったらしく、夜鷹は愉快そうに口角を吊り上げた。

「じゃあね、浪人。せいぜい商売敵に仕事を奪われないようにね」

そうして彼女は夜の町に消えていった。

甚夜は残された言葉を反芻《はんすう》する。

鬼を退治する男。

得られた情報を胸に留め、帰路に就く。夏の夜は蒸し暑い。不快な空気はまとわりついたままだった。


翌日、七月十日。功徳日ではあるが、甚夜の向かう先は当然浅草寺ではなく喜兵衛である。昨日はそれなりに稼げたが、同時に気分が悪くなった。蕎麦でも食べて少し心を落ち着けたかった。しかし暖簾を潜った瞬間、いきなり店主の慌てた声が飛んできた。

「旦那っ」

「甚夜君！　お、お奈津さんの様子が！」

おふうも狼狽しており、すぐさま甚夜の元へ駆け寄ってきた。

「何かあったのか」

二人の様子に眉をひそめるも、店内に入れば何事もなく座っている奈津の姿が目に入る。見慣れない簪を付けている以外は至って普段通りだ。

何をそんなに慌てているのか。思いながら、まずは近付き話しかける。

「奈津」

視線がこちらへ向いた。

ここでようやく甚夜も様子がおかしいと気付く。熱にでも浮かされたようにとろんとした目。顔も多少上気している。

「どうした」

すっと手を伸ばせば、奈津もまた手を伸ばす。

なにをするかと思えば、そのまま甚夜の手を取り、その甲に頬ずりをしてきた。

蕎麦屋の親娘は突然の事態に、ぽかんと大口を開けていた。驚いたのは甚夜も同じで、予想もしない反応に固まった。

何が起こったのか、一瞬本気で理解できなかった。

甚夜が呆けているのをいいことに奈津は体を寄せ、蕩《とろ》けるような表情で胸元にしな垂れかかる。

そうして聞き覚えのある声で、聴き慣れぬ口調で甘く囁いた。

「お逢いしとうございました、お兄様……」

その言葉に、甚夜は立ち眩みを起こした。

2

例えばの話である。

もしもあの雨の夜、家に戻っていたのなら。

家族という形を失わずに済んだのなら。

それでも今のように父が、天涯孤独となった娘を引き取っていたのなら。

あり得ない話だ。過去に手を伸ばしたところで、為せることなど何もない。けれど、もしも何かの間違いがあったとしたら、心底惚れた女と出会わない代わりに、もう一人妹ができていたのではないか。

たぶん、心の片隅では、そう思っていた。

「やっとです……」

らしくもなく動揺してしまったのは、きっとそのせいだろう。

「な、つ」

胸元から伝わる熱に心が冷えていく。見たくないものを、見せつけられている。

甚夜が重蔵との縁を隠したのは、父を見捨てた甚太《じんた》よりも、彼女の方があの人の家族に相応《ふさわ》しいと思えたからだ。あの人の娘は奈津だけ、それでいい。それが奈津の、そして父の為だろう。

だから何も語るまいと決めていた。

「お兄様……ようやく貴方の元に帰ってこられました」

なのに、彼女が兄と呼ぶ。

僅かながらにできたと思えた親孝行が、その実、何の意味もなかったのだと言われたような気がした。

冷え切った心が動くことはない。所詮この身は鬼。それが人並みに親を想うなぞ、間違いだったのかもしれない。

そう考えてしまった。

無理矢理に奈津を引きはがそうとするも必死の抵抗を受け、結局は甚夜の腕にすがりついたまま離れなかった。

「いったい、何があった」

仕方なくそのまま話を進めるも、女と引っ付いたまま真面目な話というのは非常に違和感がある。蕎麦屋の親娘はなんとも居心地が悪そうで、甚夜もいつも以上の仏頂面だった。

「それが、昨日買った簪《かんざし》を付けたら、急にお奈津さんがぼうっとしてしまって」

「なんか、簪がぼんやり光ったかと思ったら、急に意識を無くしちまいましてね。俺らも慌ててたんですが、旦那が入って来た途端、こうですし。正直なところ、こっちもよく分からないんですよ」

奈津の髪には見慣れない、ほととぎすの簪があった。

簡素だが品のある造り。装飾の類に疎い甚夜には、至って普通の簪にしか見えない。しかし光った、という話からするとなんらかの呪物《じゅぶつ》なのかもしれない。

「奈津、済まないがその簪を見せてくれ」

「はい、お兄様」

一応といったつもりで頼んでみれば、意外にも簡単に渡してくれた。

順当に考えれば、まず怪しむべきはこの簪だ。しかし体から離れても奈津の様子は変わらず、熱に浮かされたような潤んだ瞳を甚夜に向けている。

「そいつ、壊したらいいいんじゃないですかい？」

「いや」

壊して奈津が戻ればいい。だが戻らなかった場合、取り返しがつかない。この簪がどういったものか、詳細が分かるまで下手な真似は控えるべきだろう。

「お兄様、そろそろ」

そう言って奈津は遠慮がちに手を差し出す。

憮然としたまま返せば、彼女はもう一度簪を髪に差し、ゆったりと微笑み、再び甚夜の腕に抱き着いた。

「……いったいなんなんでしょうね、これ」

店主の言も仕方ないだろう。奈津はどう見ても正気ではない。まるで恋仲のような甘やかさで兄と呼び、甚夜に寄り添う。別段害はないが、普段の態度と違い過ぎて困惑するしかなかった。

「案外、お奈津ちゃん、旦那に甘えたかっただけじゃないですかね」

「お父さん」

「んな怖い顔するなよ。冗談だ、冗談」

空気を読まない発言をおふうが諫《いさ》める。数少ない同性の友人を心配してか、少し語調が強い。

「甚夜君、どう思います？」

「そう、だな」

原因が簪にあるとして、何らかの影響を受けて性格が変わっているのか。それとも、体を乗っ取られているのか。前者だとすると、兄と呼ぶ理由が分からない。

もしも彼女が重蔵と甚夜の関係を知ったならば、なるほど、お兄様という呼び名もあながち的外れではない。しかし、当事者が口を噤《つぐ》んでいる以上知る術はなく、推測で導き出せるとも思えない。

――兄ちゃん。

となれば、何かが憑《と》りついているのかもしれない。そう考えて、脳裏を過《よぎ》った一つの可能性を切って捨てる。それはない。あの娘が今更親しげに兄と呼ぶ、そんなことがあってはならない。

「この簪はどこで買った」

仮説を立てようにも情報が足りない。まずは、この簪がどのようなものであるのかを知らねば話にならないだろう。

「昨日、ほおずき市で。秋津さんといって、京から来られた方が露店を開いていたんです」

「秋津って、時折出前を頼んでた？」

店主も名前は知っていたらしく、意外そうな顔をしている。

顔見知りなら話は早い。どうせ考えても分からないのだ。無意味に頭を悩ませるよりも、その秋津某《なにがし》から直接吐かせればいい。

「おふう、案内を頼む」

「は、はい」

甚夜は席を立つが、ぐいと腕を引っ張られる。

その程度で体勢を崩すほど柔《やわ》ではない。視線を落とせば、腕にしがみ付いた奈津が遅れて立ち上がり、ゆるりと優美に微笑む。

「私も、行きます。お兄様と離れたくありませんから」

拒否できなかったのは何故か。考えても分からなかった。


「昨日はこの辺りにいたんですけど」

人混みでごった返す浅草寺の境内、その一角ではほおずきの鉢植えが売りに出されており、見渡せばそこかしこで赤い果実が揺れていた。

秋津染吾郎とやらが昨日いたという場所は、既に片付けられている。どうやら一足遅かったようだ。

「他に心当たりは？」

「いえ、それが……。以前は泊まっている旅籠《はたご》まで出前をしていたんですが、今はどこにいるのか分からなくて」

おふうに聞いた話では、秋津某は京から来たという。初めのうちは宿に泊まっていたそうだが、そもそも宿は長期の逗留《とうりゅう》ができる場所でない。江戸に来てから長いのならば、別の住処を見つけているはずだ。宿を出てからの経緯はおふうも知らず、早速手詰まりになってしまった。

「手がかりはなし、か」

「はい、済みません……」

「気にしなくていい。易々と見つかるとも思っていない」

だが、できれば早く捕まえたい。

奈津は相変わらず甚夜から離れようとしない。境内は人で溢れている。中には恋仲の男女もいて、甘く体を寄せ合い練り歩いていた。時折向けられる周りの視線に、自分達も同じように見られているのだと分かる。それが、どうにも居た堪《たま》れない。

「奈津、少し離れないか？」

「嫌です」

「歩きにくいだろう」

「いいえ、まったく」

やんわりと伝えてみるが彼女は頑《かたく》なで、にべもなく切って捨てられた。

力尽くで引き剥《は》がすというのも気が引ける。居心地は悪いが、このまま動かなければならないようだ。

「ようやくお兄様に会えたのですから、少しでも傍にいたいと思うのは当然でしょう？」

純粋な目。見上げる奈津の表情は柔らかく、顔の作りは変わっていないのに別人としか思えない。それでも、奈津に兄と呼ばれるのは少しだけ辛い。過ぎ去った日々に責め立てられるような心地だった。

「え、ええと。済みません。秋津さんのこと、少し周りに聞いてきますね」

居た堪れないのは甚夜だけではなかったらしい。おふうはそそくさと逃げていく。少し待て、と呼び止める暇さえなく、二人きりになってしまった。

それを好機と思ったのか、腕を絡めるだけでは飽き足らず、奈津は体を預けてきた。人の多い境内で、余計に注目が集まる。

甚夜は溜息を吐き、多少無理矢理に境内の奥、社殿の陰になり人の少ない場所へ奈津を連れて行った。

「お兄様？」

何故連れてこられたのか分かっていないようで、奈津はきょとんと不思議そうにしている。

困惑する彼女をよそに、甚夜は重々しく声を絞り出す。

「済まない、私にはお前が何を言っているのか分からない」

「え……？」

「何故慕うのかも、兄と呼ぶ理由も。何一つ分からないんだ」

口にしたのは原因の究明ではなく、現状から逃げたいがための情けない言葉だ。

「鳥が花に寄り添うのに、なんの理由がいりましょう。私はただ、お兄様の傍にありたいと願っただけです」

だというのに、奈津は穏やかにそれを受けて、とろりと頬を緩ませる。

熱に浮かされた女。夢を見るような、陶酔した瞳。放っておけばそのまま溶けてしまいそうだ。

「長い時を経て、それが叶った。あぁ……私は幸せです」

微笑む彼女は本当に幸せそうだ。だからこれ以上、問い詰めることはできなかった。


おふうと再び合流し、秋津染吾郎の足取りを掴めるかもしれないと旅籠を訪ね、宿の者や辺りの店にも聞き込んではみた。

結果はやはりと言うべきか、なにも得られなかった。尻尾どころか影さえ見つけられないままに日が暮れて、仕方なく三人は喜兵衛に戻った。

「で、どうなってんだ」

不機嫌さを隠しもしない言葉は、戻ってからしばらく経った後、いつまでも帰ってこない奈津を心配し喜兵衛へと訪れた善二のものである。

「いきなりだな」

「前置きなんていらないだろ。お嬢さんに何があった。話しかけても俺を忘れてるし、対応は丁寧、振る舞いにも気品がある。まるで別人だ。だいたい、なにがあったらそうなるんだよ」

奈津は帰ってきてからも、甚夜にべったりと引っ付いていた。普段と違いすぎる奈津の様子に、善二が刺々《とげとげ》しい態度で問い詰めてくる。

「止めてください、お兄様を責めるような真似は……」

胸元にしな垂れ掛かる奈津の声はしっとりと濡れていて、その艶っぽさに善二は茫然とする。彼にとっては、妹のような娘だ。それが男の腕の中でとろけたような笑みを見せる。驚愕と困惑に振り回されて、善二は先程の怒りなど忘れたように狼狽《ろうばい》していた。

「しっかしまあ、お嬢さんはあれか、なんか呪われてんのか?」

硬直してしまった善二に現状をあらかた話し終えると、返ってきたのは大きな溜息だった。

またも怪異に巻き込まれた奈津のあまりの運の悪さに思うところがあったらしく、腕を組んで難しい顔をしている。

「で、どうするんだよ、これ?」

命の危険はないためか、少しは落ち着いてくれたらしい。

そうなると今度は戸惑いが優ったようで、善二は微妙な顔をしていた。

「簪を売ったのは秋津染吾郎というらしい。まずはそいつを探す」

「は? おいおい、秋津染吾郎?」

訝《いぶか》しげな視線が甚夜に向けられる。疑いというよりは、こちらの言が理解できないといった風情だ。その眼の理由が分からず、甚夜もまた微かに眉をひそめた。

「どうした」

「いや、どうしたって……そいつはとっくに死んでるんだが」

「死んでいる？」

「おお。秋津染吾郎ってのは、何十年も前にいた職人だよ。櫛《くし》だの簪だの、あとは三所物《みところもの》なんかもか。結構有名な金工《きんこう》で、うちの店でも染吾郎の品は滅多に入らない」

小間物を扱う須賀屋、そこの手代《てだい》の言だ。秋津染吾郎という職人が既に死んでいるというのは確かだろう。だとすれば件《くだん》の男は何者なのか。

「そういえば。お奈津さんはこの簪は染吾郎のものだと言ってました」

「おいおい。もしかして今度は死んだ染吾郎が鬼になって出てきた、ってんじゃないだろうな」

あり得ない話ではない。そう思ったが、「いんや、それはないでしょう」と、すぐさま店主がきっぱり言い切る。軽いが、絶対の確信を含んでいた。

「んん？　なんで親父さんに分かるんだ？」

「俺も秋津さんを見てますからね。ありゃ、鬼じゃない。普通の人です、間違いなく」

「店主がそう言うのならば確かだろう」

「って、甚夜まで。会ってもないんだろ？　えらく簡単に納得するじゃないか」

店主の見立てならば一定以上の信頼が置ける。なにせ甚夜の正体を容易《たやす》く見抜いた男だ。鬼でないと判断したなら、まず間違いないだろう。

「つまり、秋津某は名を騙《かた》っているだけか」

「なんでわざわざって感じはするけどなぁ。それに、結局どこにいるのかは分からないんだろ？」

確かに手掛かりはないに等しい。探すといってもどうすればいいか。そこまで考えて、浅草には様々な情報に通じた女がいると思い出す。一応、夜鷹にもあたってみるべきか。

「お兄様？」

立ち上がろうと体を動かした瞬間、奈津の腕に込められた力が強くなった。甚夜が離れていかぬよう、立たせまいと必死にしがみついてくる。

「済まないが、手を放してくれ」

「嫌です」

きっぱりと拒否する彼女は、不満を隠そうともしない。

「ようやく貴方を見つけることができたのですから、お兄様と離れるなんてできません」

彼女が何を言っているのか分からない。ただ、兄と呼ばれる度に遠い記憶が脳裏をかすめる。最後は上手くいかなかった。しかし、葛野《かどの》の地で過ごした日々はかけがえのないものだった。

だからこそ、妹として振る舞う彼女に胸を締め付けられる。

内心の葛藤を悟られぬよう努めて冷静な自分を演じて、甚夜は奈津に向き直った。

「私は出かけねばならん。留守を頼めるか」

「それなら私も」

ぽんぽんと優しく、頭を二、三度叩く。顔は納得していなかったが、奈津はそれでも腕の力を緩めてくれた。

「お兄様」

「すぐに帰る。そう心配するな」

鬼切役《おにきりやく》を受けて外に出る時、いつもそう言っていたような気がする。膨れ面で、寂しげに。けれどわがままも言わず、あの子は素直に待っていてくれた。それを思い出せば、どす黒い憎悪が胸に渦巻く。

嫌になる。鬼となったこの身は、あれをどうしようもなく憎んでいるのだと今更ながらに思い知らされた。本当は、兄と呼ばれるのが嫌な理由も、そこにあったのかもしれない。

「だから、待っていてくれ」

顔には出さない。遠い夜から歳月を重ね、表面を取り繕う術だけは上手くなり、それを辛いと思うこともなくなった。歳をとったのか、人を捨てたからか。果たしてどちらなのかは分からなかった。

「……はい」

「いい子だ」

奈津はゆったりと笑い、そっと手を放す。腕に残った温かさを振り切るように、甚夜は彼女に背を向けた。

「……なあ甚夜。なんか、えらく手慣れてないか？」

朴念仁《ぼくねんじん》そうに見える甚夜が、奈津を言い包《くる》めてしまう様は、善二には奇妙に映ったらしい。だが答える気にはなれず、振り返りもしなかった。

「気のせいだろう。善二、悪いが後は任せたぞ」

「は？　お前、任せるって、それ面倒事を押し付けたいだけじゃ……」

何事かを言っていたが、最後まで聞かずに店を出る。後ろ髪を引かれた理由は考えないことにした。

夕暮れの頃、甚夜は浅草に向かっていた。

あの辺りは夜鷹の河岸《かし》だ。うまく会えればいいのだがと、藁《わら》にも縋《すが》る気持ちで橙《だいだい》色の道を歩く。

「兄、か」

その呼び方に引っ掛かりはあるが、くだらない感傷だと無理矢理に切って捨てる。強くなりたかった、それだけが全てだった。明確な目的があり、至る手段がある。ならば他のものなぞ余分に過ぎぬ。こだわる方が間違いだろう。

無為な考えは捨てて、今は目的を果たす。甚夜は僅かながら歩く速度を上げた。

「ええ、夕陽やね」

道の途中、人目の少ない通り。不意に男が声を掛けてきた。

体が一瞬強張った。いつの間に現れたのか、水干《すいかん》に似た衣装の男が二間ほど先にいた。考え事をしていたとはいえ、この距離まで気付かぬとは。我ながら呆けていた。

「たぶん夜には綺麗な月が出る。となると、そいつを肴に一杯やりたくなるなぁ」

「何か、御用でも？」

態度に不審なものを感じ、視線を鋭く変える。しかし男は怯まず、作り笑いを張り付けたまま答えた。

「へ？　用があるんはあんたの方やろ？」

意外な返しに警戒を強める。笑みの下には、微かな敵意。自然と手は夜来に伸びた。

「僕んこと探してたて聞いたけど」

合点がいった。甚夜の行動はこの男の耳にも入っていたのだろう。

だから同じように探していた。こそこそと嗅ぎ回る、得体の知れぬ輩を。

「六尺近い大男が僕を探してるて、何の用かと思たら」

朗らかに笑いながら、男は腕をだらりと放り出した。同時に放たれる緩やかな殺気に鯉口を切る。

「鬼が僕を探す理由なんて、まぁ一つしかないわなぁ」

初見でこちらの正体を看破され、空気が張り詰める。

鬼と対峙しても怯えた様子はない。その堂々とした態度に、夜鷹の言葉が思い出される。

──最近鬼を退治する男がいるって噂があるんだ。あんたのことじゃないよ。なんでも、式神《しきがみ》を操る陰陽師って話さ。

男の装束は神職のそれに近い。陰陽師に見えなくもなかった。

「一応、聞いておこう。名は何という」

腰を落とし、いつでも動けるよう周囲に意識を飛ばす。

対して男は何気なく腕を振るう。

式神を使う、とは聞いている。黒い靄《もや》が男の下に現れ、それは次第に凝り固まり三匹の犬となった。

「僕？　僕は秋津」

そうして男は高らかに宣言した。

「三代目秋津染吾郎や」

だから理解する。この男は、鬼を討つ者だ。

3

「そしたら始めよか」

秋津染吾郎。

探していた男が目の前におり、しかし話を聞けるような状況ではない。彼の目は完全に敵を見るそれだった。

「行きぃ、犬神」

短い声とともに走り出す三匹の黒い犬。陰陽師ということは、あれが奴の式神なのだろう。

たかが犬とは侮《あなど》れない。犬は群れを作る習性があり、狩りも集団が基本である。一度大きな群れが出来上がると人間ですら襲われる危険が高まり、時には命すら脅かされる。

伊達に犬を象《かたど》っている訳ではないらしい。犬神の動きは正しく集団を主とする獣の狩りだ。後ろに回り込むもの、距離を取って備えるもの、正面から飛び掛かるもの。見事に連携を取りながら襲い掛かってくる。

だとしても、飼い犬如きに後れは取らぬ。動きは速く、連携もいい。だがそれだけ。見切れない程ではない。

身を低く屈め、右足を軸に体を回す。間近まで迫った犬神はまとうように振るわれた一刀に斬り裂かれる。いや、刀とぶつかった衝撃ではじけ飛んだという方が正しい。

頭部が完全に潰れ、犬は断末魔もなく地に落ちた。

「おぉ、ええ腕やね」

しもべを失いながらも、染吾郎は面白そうに笑っている。

なんだ、あの余裕は。疑問が過《よぎ》り、一瞬の後、余裕の意味を知る。

「まあ、そないなもんじゃ僕の犬神は倒せへんけどね」

たった今打ち砕いたはずの犬に黒い影が集まり、十秒も経たぬうちに元の姿を取り戻す。それに驚愕するよりも早く、甚夜の喉元に向かって黒い犬は飛び掛かった。

体を捌《さば》き再び斬り捨てるも、残る二匹が牙を剥《む》く。それを相手取っているうちに、またも犬神は蘇る。絶え間ない攻めを防ぎながら、じっくりと観察する。

速度と連携、そして再生能力。大口を叩くだけはある。犬神はなかなかに厄介だ。

再生するのならこいつらを相手にしても無駄。さっさと飼い主を組み伏せるとしよう。

〈隠行《おんぎょう》〉。

喰らった力で姿を消し、静かに間合いを詰める。

「お、それがあんたの力？」

一目で上位の鬼が持つ異能だと理解するのは、相応の修羅場を潜ってきた証拠。その上で生きているのならば、力量は推して知るべしというものだ。

「残念、姿を消しても逃げられへんよ」

言葉の通り、犬神は正確に甚夜の位置を察知し攻撃を仕掛けてくる。

唸り声を上げながら、爪で牙で急所を狙う獣ども。刀でそれをいなしつつ、後ろに下がる。

「犬やからね。鼻も耳もええ」

〈隠行〉は姿を消す力。気配も隠すが、音までは消せない。犬は音に敏感で、人の数倍の聴力があるという。その特性を有しているのなら、姿を消したところで意味はない。

力を解き、犬神を迎え撃つ。

刀を振るい、斬り伏せ、再び蘇る。先程からそれの繰り返しだ。状況はあまり良くない。このままでは嬲《なぶ》り殺される。何か打開策を考えなくては。

「あはは、折角の力も無駄やったなぁ」

「そうだな。ならば次の手を打とう」

「ん？」

まずは距離を詰めねばならない。

夫では駄目だった。では、妻の力を借りるとしよう。

〈疾駆《しっく》〉——甚夜は無造作に一歩を進み、次の瞬間には誰よりも何よりも速く駆け出す。犬神の横を難なく通り過ぎ、染吾郎の懐に潜り込んでいた。

「は？」

あまりの速度に相手は対応できていない。

この男には聞かなければならないことがある。殺すつもりはないが、こちらの命を狙ったのだ。多少の痛みは我慢してもらおう。

敢えて両足で地面を踏ん張り、無理矢理に速度を殺す。腰の回転は抑え、刀ではなく拳で腹部を狙う。

「こ、のっ……！」

染吾郎の驚愕が見て取れた。

犬神を呼び戻す暇もない。染吾郎は数瞬遅れて動き始めるが、防御の姿勢を取るより早く拳が突き刺さり、その衝撃に三間ほど吹き飛ぶ。地面を転がり、砂埃を巻き上げながら止まった。

死んではいないが、しばらくは立ち上がれないだろう。今の内に拘束してしまおうと甚夜はゆっくりと近付き、けれど途中で足が止まった。

「あい、たたたたた」

加減はしたが、手応えはあった。だというのに、痛いと言いながらも平気な顔で立ち上がる。明らかに人の耐久力ではなく、だが、どう見ても人でしかなく、その奇妙さに甚夜は眉をひそめた。

奇妙さを覚えたのはあちらも同じらしい。高位の鬼でも通常一つしか異能を持ち得ない。二つの力を行使する鬼の存在に疑惑の視線を投げかけている。

「なあ、あんた。なんで二つも、ってあぶなぁ⁉」

問い掛けを無視して不意打ちの一刀。隙をついたつもりだったが、不恰好ながらも染吾郎はすんでのところで避ける。

それは織り込み済み。甚夜は動きを止めない。相手は頑丈だ。殺さぬように拳で打ったが、力を加減すれば峰打ちでもよさそうだ。

「ちょい、待ち」

誰が待つか。距離を詰めればこちらが優位だ。

刀を振るう。当てるのではなく、少しずつ逃げ場を潰すように追い立てる。

一手、避けられた。二手目は退がった。三手目が掠《かす》めると、そこで染吾郎はよろめき、たたらを踏んだ。

悪いが、これで終わらせる。一歩を踏み込む。刀を小さく振り上げ狙うは肩口。峰打ちとはいえそれなりに力を込める。体勢を崩し避けられない状況。空気を裂く音と共に袈裟《けさ》懸《が》けの一刀を放つ。

「残念、はずれ」

しかし空振り。違う、刀身がすり抜けた。

たった今打ち据えたはずの染吾郎が嗤《わら》う。ゆらゆらと揺れる輪郭。これは、いったい。

「蜃《しん》気《き》楼《ろう》や」

斬ったと思ったものは、単なる幻でしかなかった。耳元で聞こえた声にそれを理解し、弾かれたように飛び退くが、背中に衝撃が走る。

「がっ……」

迂《う》闊《かつ》だった。気付けば犬神に取り囲まれており、対応しようにも今度はこちらの体勢が崩れている。

構えようと体を起こし——今度は腹に犬神が突進する。

避けようと足に力を籠《こ》め——爪が大腿《だいたい》の肉を抉《えぐ》る。

刀を振るい斬り伏せようと——肩口に食い込む獣の牙。

鈍い痛みが全身を襲う。ここにきて、後手に回ってしまった。

「なめ、るなっ！」

横薙ぎ。一匹を葬るが、残る二匹が休む間もなく攻め立てる。どうにか現状を打開しようともがくが、染吾郎は隙を見逃さなかった。

「すまんな。こんでおしまいや」

そうして荒々しく牙が喉に突き立てられる。

上体が反り、膝が砕け、甚夜は仰向けに倒れた。それでも追撃は止まない。まるで死体を漁る野犬のように、獣どもは容赦なく肉に食らいつく。

「僕の犬神、なかなかのもんやろ……ってもう、聞こえてへんかな？」

見誤った。まさか、ここまでやるとは想像もしていなかった。力を求めて生きた男が、こうも容易《たやす》く地に転がされる。我ながら無様としか言いようがない。

「ほなね」

緩慢になった犬神を一瞥《いちべつ》した染吾郎は、勝利を確信したのか、やおら背を向けた。奴にとっては、甚夜も今迄飽きるほどに討ち滅ぼしてきた、十把一絡《じっぱひとから》げの鬼に過ぎないのだろう。自惚れではなく相応の自負だ。事実、犬神にはそれだけの力がある。

「確かに、なかなかのもん、だな」

だから、呼び止められるなど思ってもみなかったに違いない。

「……なんで、無事なん？」

振り返った染吾郎の顔が強張る。

それも当然だ。なにせ息絶えたと判断した敵が立ち上がった。その上、ご自慢の犬神がすべて消え去っているのだ。作り笑いが歪み、微かな焦燥と疑念が滲んでいた。

それをよそに、甚夜は悠然と現状を確かめる。傷は負ったが、まだ動ける。左腕も問題ない。

「いや、実に見事なものだ。犬神は高位の鬼に匹敵する」

世辞ではない。奴の術は十分に人の枠を食《は》み出ていた。

ならばこそ、こんな真似もできる。

「行け、〈犬神〉」

甚夜が左腕をかざせば、地面から黒い影が湧き上がる。それは次第に凝り固まり、三匹の犬となった。

先程の攻防の焼き直し。見せつけるように、今度は甚夜が犬神を操る。

「ちょ、それはあかんやろっ」

再生するはずの犬神が消えたのは、倒したのではなく奪ったからだ。

そうと理解できた時にはもう遅い。既に三匹の黒い犬は駆け出している。

犬神を操る手腕は見事だが、体術はお粗末。連撃をどうにか躱すも取り囲まれ、染吾郎は次第に追い詰められていく。

「この、待ちぃ」

「待つと思うか」

合間をぬって甚夜は間合いを侵す。大振りはいらない。相手を逃がさないよう、要所要所でちょっかいをかければそれで十分。

唸り声と共に爪を振るう犬神。辛くも避けるが染吾郎は体勢を崩し、よたよたと進んだ先も既に塞がれている。

囲み、隙を狙う獣ども。目の前には切っ先を突き付ける鬼。逃げ場はない。状況は硬直し、ようやく準備が整った。

「さて、話を聞かせてもらおう」

刀を向けたまま話も何もないだろうと自分でも思う。だが、奈津の件がある以上、こちらに余裕はない。どんな手を使ってでも、洗いざらい白状してもらう。

「……殺さへんの?」

優位に立ちながらも止めを刺そうとしない甚夜に、染吾郎は苦々しく言葉を漏らした。

「お前には聞きたいことがある。話すのなら斬りはしない」

「話さん、ゆうたら?」

「喰らって記憶を奪うしかなくなるな」

無駄に斬るつもりはないが、黙秘するならば仕方がない。

〈同化〉を使えば相手の記憶を取り込める。選びたくない手段ではあるが、この男と奈津を比べれば、どちらを重視するかなど考えるまでもなかった。

「ふぅん。ま、ええわ。そんなら答えよか？　どっちにしろ逆らえへんのやし」

「よく言う。手の内の全てを晒した訳でもなかろうに」

甚夜はこの状況を追い詰めたとは思っていなかった。

犬神は喰ったが、先程の異常な耐久力、蜃気楼とやらのからくりを見破れてはいない。何よりあの余裕。こちらを出し抜く手の一つや二つあると見るべきだ。

「お互いさまやろ。君やって手加減してたんやから」

同じように甚夜は鬼と化さず、力も加減した。だから秋津染吾郎も必要以上は手の内を見せず、素直にやられてみせた。殺す気が無かったのも見切っていたらしい。つくづく厄介な相手だ。

「質問なら答えたるよ。代わりに、この子ら消してくれん？　なんや落ち着かん」

染吾郎は体から力を抜いている。今更逃げる気はないだろう。

言われた通り〈犬神〉を消す。すると大口を開けて笑われた。

「あはは、素直やなぁ。そないやと簡単に騙《だま》されるで？」

「騙す気はないのだろう？」

「僕はね。っと、質問はちょっと待ったって。犬神拾うてくるわ。ああ、別に警戒せんでええよ。逃げる気ぃないから」

そう言うと染吾郎は、ちょうど先程まで甚夜が倒れていたところまで歩き、腰を屈め何かを拾い上げた。

「お疲れさん、後でちゃんと供養したるからな」

「それは」

「犬張子《いぬはりこ》ってやつやね」

掌《てのひら》にあるのは、小さな張子の犬だった。

犬張子は犬の形姿を模した紙製の置物である。犬は一回に複数頭の子供を生む。出産自体も他の動物に比べ、母体への負担が軽いと考えられた。また古くより邪霊や魔をはらう呪力があると信じられ、そのため出産前の妊婦や子供の健康を祈るお守りとして犬張子は普及していた。

「付喪神《つくもがみ》って知っとる?」

耳慣れぬ名に押し黙れば、染吾郎は壊れた張子の犬を優しく撫でながら、仕方ないとでも言わんばかりに鼻で笑った。

「器物百年を経て、化かして精霊を経てより、人の心を誑《たぶら》かす。物には想いが宿る。優しゅうされたら嬉しいいし、忘れられたら寂しゅう思うて当然や」

そう語った彼は、ふっ、と肩の力を抜いた。

先程までの張り付いた表情ではなく、まるで子を慈《いつく》しむ父のような顔をしていた。

「想いは力。負の想念が肉をもって鬼になるなら、物の想いが形になっても不思議やないと思わん?」

それが犬神の正体。是非は別にして、想いには力がある。先程の黒い犬は、張子の犬の魂が形を持ったものなのだろう。

「つまり、お前は物に宿る想いを鬼に変えるのか」

「そや、僕は付喪神を生む。つまり陰陽師みたいな式神使いやのうて、付喪神使いや」

付喪神使い。世の中には奇妙な人間がいるものだ。

自身が鬼であることは棚上げにし、ほう、と甚夜は感心して息を吐く。

「三代目と言ったな。お前は退魔の家系の出か」

「家系、やないよ。妖刀使いの南雲《なぐも》やら勾玉《まがたま》の久賀見《くかみ》は家で技を継いでいくんやけど、秋津は一派やから」

壊れた張子の犬を懐に仕舞い込む。

そうすれば親の慈愛も鳴りを潜め、作り笑いが再び張り付く。

「元々、秋津染吾郎は普通の職人やった。そやけど、あんまりにも腕が良くてなぁ。染吾郎が作ったもんにはみぃんな魂が宿ってしもた、比喩やなくてね。で、それが高じて物の魂を付喪神に変え、操る術を生み出した。隠居した後は弟子が染吾郎を継いで、その三代目が僕。つまるとこ、秋津染吾郎はそもそも職人としての名で、退魔の名跡《みょうせき》やない」

「なるほど、だからか」

鬼を討つ者でありながら、鬼と言葉を交わす。

結局は染吾郎にとって、より重きは退魔ではなく職人としての自分なのだろう。自身に危険がないのなら鬼だからといって無意味に反目はしない。甚夜と敵対したのは、初めに彼が染吾郎を嗅ぎ回ったから。降りかかる火の粉を払おうとしたに過ぎないのだ。

「そ、僕らはどこまでいっても退魔の出来る職人でしかないんやろうなぁ。話が逸れてもたね。ああと、君」

「甚夜だ」

「うん。で、その甚夜さんは何が聞きたいん？」

長い前置きだったが、ようやく本題となった。刀を鞘《さや》に収めぬまま問う。

「昨日、お前は女に簪《かんざし》を売ったな」

「簪？　昨日、かんざし……ああ、別に売ったんやないけど。確かにあげたわ」

「女は身に着けた途端、まるで別人のようになった。あの簪はなんだ」

抑揚はなく、表情は冷静そのもの。しかし感情の昂ぶりを隠せていない。甚夜の目は赤く染まっている。

嘘は許さぬと睨み付けるが、染吾郎には心当たりがないのか「何って言われてもなぁ……ごく普通の簪やけど」と呑気にぼやいていた。

「あ、そか。分かった」

刀を突き付けられてもこの気楽な態度、大した胆力ではある。

しばらく頭を捻り、うんうんと唸っていた彼は、はたと甚夜の胸元に目をやった。

するとなにか気付いたらしく、にへらと笑ってみせた。

「その女の子、なんとかしたるよ。そやから、その物騒なもん引っ込めてくれん？」

「……嘘はないな?」

「さあ?　嘘かも知らんし、ほんまかも知らん。どっちにしたって僕の言うこと信じるしかないんちゃうかな」

飄々《ひょうひょう》とした染吾郎に思わず舌打ちをする。

他に取れる手段がない以上、この男の言に間違いはなく、それがなおさら腹立たしい。

まったく食えない男だと、甚夜は溜息を吐いた。

4

夕暮れの立ち合いを経て、深川の喜兵衛に戻る。

うっすらと空が藍色を帯びる頃、遠くなった蝉《せみ》の声を聞きながら辿る道。付喪神《つくもがみ》使いを名乗る男、三代目秋津染吾郎も同道していたが、つい先程一方的に言葉を残し消えた。

「そしたら手はず通りに頼むな」

道すがら告げられたのは、怪異を終わらせる方法だ。その通りに行えば奈津を救えると染吾郎は語る。伝えられた方法は実に単純なもので、本当にそれだけで解決するのか疑問に思ってしまうが、取れる手がない以上、あの男を信じる他あるまい。

もしも謀《はか》ろうというならば首を落とせばいい。多少の不安はあれど、とりあえずは黙って従う。

喜兵衛へ向かう途中の道、その道脇には、ほととぎすの簪《かんざし》を髪に差した奈津の姿があった。愁いを帯びた横顔。こうして見ると、別人のようで戸惑ってしまう。

「奈津」

「お兄様、お帰りなさいませ」

じっとりと暑い夏で良かった。もしも季節がずれていれば、彼女を凍えさせてしまうところだった。

「待っていたのか」

「はい、お兄様が待っていてくれと」

落ち着かせるためだ。本当に待っていてほしかったのではない。

だというのに、彼女は文句も言わず幸せそうな笑みで迎えてくれた。

「済まない、遅くなった」

謝ったのは待たせたからか、それとも安易な約束をしてしまったためか。判別がつかないまま、ごく自然に頭を下げていた。

「いいえ、お兄様は帰ってきてくれると知っていましたから」

彼女はそう言ってくれる。

――だから願った。この娘が何者だとしても、最後まで兄でありたいと。

だけど、遠い雨の夜の誓いはいとも簡単に壊れてしまった。純粋な信頼が、純粋だからこそ耳に胸に痛い。

それでも表情は変わらない。

子供の頃は、転んで膝を擦りむいては泣いていた。けれど今では、腹を裂かれても涙なんぞ零《こぼ》れない。強くなったのではない。ただ痛みに鈍くなっただけ。長く生きれば痛みには鈍くなる。その是非を問うことは、今の自分にはできないけれど。

「少し、出かけようか」

「……はい、お兄様とならどこへでも」

どちらからともなく手は伸ばされ、夏に体を寄せ合って二人、薄暗がりを歩く。

まるで読本に描かれる恋仲の男女。奈津は随分と嬉しそうだ。組んだ腕から彼女の熱が伝わってくる。

そう、こんなにも温かい。

なのに、どうしてこうも心が冷えるのだろうか。

宵の口、青白い月の光に染まる深川の町並み。整然と整備された神田川の近く、ちょうど草が生い茂り、柳の立ち並ぶ場所に辿り着く。

「雪柳だ。春には雪のような花を咲かせる」

近付き、雪柳にそっと触れる。

何かを話すならここがいい。雪柳のおかげで、少しだけゆっくり歩けるようになった。だから、この花に寄り添えば、少しは穏やかに話ができると思った。

「お兄様？」

「正直に言えば、兄と呼ばれるのは苦手なんだ」

奈津の疑問を遮るように、俯きながら甚夜は言葉を被せた。

「私は最後まで兄でいてやれなかった。だから苦手……ああ、違うな。たぶん、自分の弱さを見つけられたようで、嫌な気分になるんだ」

妹を憎悪する男が兄と呼ばれる。なんと滑稽で無様なことか。惰弱な己を否応なく理解させられるから、奈津が「お兄様」という度に、遠い記憶がよみがえる。

原初の景色。愛していたはずのもの。でも、何一つ守れなかった。

だから強くなりたかった。それだけを願って生きてきた。

「私はもう甚太ではない。結局のところ、奈津とも……鈴音《すずね》とも。兄妹ではないのだろう」

「いいえ」

零れ落ちる弱音を、柔らかく、けれどきっぱりと否定された。その響きにふと顔を上げれば、熱っぽく溶けた瞳はいつの間にか消え、涼やかな立ち振る舞いの彼女がいる。

「鳥が花に寄り添うのに、何の理由がいりましょう。兄妹だって同じではないですか。たとえ何があったとしても、繋がりとは断たれぬものです」

滲《にじ》む柔らかな微笑み。兄妹はどこまでいっても兄妹なのだと彼女は言う。

──だけど、この憎しみだけが、今も消えてくれなくて。

まっすぐなものをまっすぐに見つめられないのは、自分が歪んでしまったからだろう。彼女の笑顔が素直であればあるほど、隠していた醜さが浮き彫りになるようで、余計に辛かった。

「私は、幾星霜《いくせいそう》を巡り、お兄様の元へと辿り着きました。だからきっと、貴方も同じように帰ることができると思います」

「帰る……？」

「ええ。私達は、想いの還るべき場所を探して、長い長い時を旅するのです」

脈絡もなく繋がりもない。彼女が何を言っているのか、おそらく甚夜は理解し切れていない。だが本当に、出口のない憎しみにも帰る場所があるのなら、それを見てみたいと思えた。

「見つかるだろうか」

「見つけるのです。きっと、そのための命なのでしょう」

あるいは、鬼の命が人よりも長いのは。昏《くら》い心に迷い込んだ想いが、いつかは帰り道を探せるように。その為に、千年という時間は与えられたのかもしれない。

「奈津……いや、違うのか」

奈津ではないと初めから分かっていた。それでも彼女の容貌は見慣れたものだから、甚夜にとっては奈津の延長線上にある存在でしかなかった。

けれど今は違う。

彼女は奈津ではなく、妹ではなく、名も知らぬ誰かになった。

「名を呼べなくてすまない」

今なら教えてもらえるかもしれない。そう思いながらも問う気にはなれなかった。

甚夜にとって、名を聞くのは斬り殺す為の作法だ。

だから聞かない。彼女は月下に擦れ違った、ただの女。それでよかった。

「愚痴を聞いてくれたんだ。謝礼が必要だな」

懐に手を伸ばす。

彼女が誰なのかは分からないままだが、何よりも求めていたものなら知っている。染吾郎がちゃんと教えてくれた。

「……返そう、お前の半身だ」

取り出したのは、藤の装飾が施された笄《こうがい》。以前、喜兵衛の店主から貰ったものだった。

「ああ……」

蕩《とろ》けるような、熱っぽい瞳。

甚夜にではなく、笄に向けて名も知らぬ誰かは語り掛ける。

お兄様、と。

そっと触れ、装飾を撫ぜるように指を動かす。

「ようやく貴方に触れられた」

鳥の声が聞こえる。囁くように、歌い上げるように、甲高い音色が夜に響く。

てっぺんかけたか。てっぺんかけたか。

鳴き声は耳をくすぐって、風にのって通り抜ける。

「これは」

古今要覧稿《ここんようらんこう》という類書がある。この類書は文政《ぶんせい》から天保《てんぽう》にかけて編纂されたもので、日本の故事の起源や沿革についての考証を分類し記されている。

書に曰く、

「籠《かご》の内に有《あり》て『天辺《てっぺん》かけたか』と名のる声の殊に高く、清亮《せいりょう》なるは空飛ながら鳴にも勝れり」

それは正しく鈍ることのない透明な音色だ。

「ほととぎすが、鳴いている……」

ああ、そういえば。彼女の簪の意匠《いしょう》は、ほととぎすだった。

「ありがとうございます。ようやっと、私も……」

簪を外し、笄を受け取り、二つを包み込むような優しさで握り締める。

ほっそりとした指から漏れる光。女の手の中で簪と笄は、月の光にも負けてしまいそうなくらい淡い光を発していた。

「お兄様……共にまいりましょう」

光はほととぎすの形になって、羽ばたきを始める。

奈津は――奈津の口を借りた誰かは、幸福の祈りを紡ぐ。

そうして優しく、満ち満ちた微笑みを残して、ほととぎすは宵の空に消えていった。


――たぶん君、なんか懐に入れてるやろ？　僕の想像があってるんなら、櫛《くし》か笄。あー、笄のほうかな？　それをあの娘にあげれば終いや。

染吾郎が語った怪異を解き明かす手段はそれだけ。半信半疑だったが、実際に終わりを見せつけられては信じるより他にない。

意識を失い、崩れ落ちた奈津を腕に抱く。そうしながらも、甚夜の目はいつまでも飛び去ったほととぎすの行方を追っていた。

「お疲れさん」

見計らったように現れた染吾郎は、気楽な調子で声を掛けてきた。

飄々《ひょうひょう》とした態度、それでいてどことなく勝ち誇ったような顔をしている。

「秋津染吾郎」

「かったい呼び方やなぁ。まあ、ええけど。それより、上手くいったやろ？」

ああ、と甚夜が小さく頷けば、当然とでも言わんばかりに口の端を吊り上げる。

成功は初めから確信していたらしく、安堵も喜びも感じさせない。

こちらからしてみれば、なぜ上手くいったのかも今一つ理解できておらず、この結果には正直戸惑いもあった。

「笄は、髪掻《かみか》きが転訛《てんか》した名前でなぁ」

染吾郎はとうとうと語り始めた。

「そもそもは髪を結わう時に使うもんやし、頭が痒《かゆ》い時に髪型を崩さんで掻いたり、まあ娘さんの身だしなみの道具やね。同じ職人が作ったんなら、簪と笄はある意味兄弟かもなぁ。ああ、簪は女もんで、笄は男の刀装具でもあるから、どっちかゆうと兄と妹やね」

「つまり」

「その藤の笄も染吾郎の作なんやろ。そやから簪は、自分の兄貴をもっとる君をお兄様って呼んだんちゃうかな」

まるで兄妹のように想い合う簪と笄。

なんとも不可思議な話だが、思い当たる節もある。事あるごとに奈津は――奈津の中にいた誰かは胸元にしな垂れかかってきた。あれは甚夜に触れようとしていたのではなく、懐にある笄を求めていたからなのかもしれない。

「しかし簪が兄を探す、か」

「納得いかんか？」

「いや、ただ予想外でな。あの簪には、死んだかつての持ち主の想いが宿っている。だから、奈津はそれに取り憑かれ、兄を探しているのだと思っていた」

「んで、君は兄貴によく似とる、とか？　あはは、講談なんかやとよくあるヤツやね」

しかし実際は、「簪の兄」を探していた。

器物にそこまで強い想いが宿る。付喪神となった犬神を見たのだ、納得できないではないが、妙な心地である。

はっきりしない様子の甚夜に、染吾郎は出来の悪い弟子を教え諭すような柔らかさで語る。

「物にやって想いはあるし、肉を持って形になる。そんなら簪が兄貴と一緒にいたい考えたって、不思議やないやろ？」

「そういう、ものなのだろうか」

「好きな人の傍にいたいのは、人も動物も物も、みぃんな、おんなじちゃうかな」

ただ、好きな人の傍にいたかった。その想いだけを抱えて簪は流れ往く。様々な人の手に渡り、幾星霜を巡り。本当に帰るべき場所を探して、長い長い時を旅してきた。

「そもそも、これ、対になるよう作られたみたいやし。『藤波の　咲きゆく見れば　ほととぎす鳴くべき時に　近づきにけり』……万葉集やね。初代も冗談が好きやな」

染吾郎は苦笑しながら、奈津の手にある簪と笄をじっと眺めていた。

歌の意味は、藤の花が次々と咲いてゆくのを見ると、ほととぎすの鳴くべき時がとうとう近づいてきましたくらいだろうか。古い時代から、藤とほととぎすは多くの歌人に愛されてきた組み合わせだ。

確かに、店主から受け取った笄には藤の意匠が施されている。

──鳥が花に寄り添うのに、何の理由がいりましょう。

あれは比喩ではなかった。ほととぎすの簪はずっと、藤の花を探していたのだ。

「現世には奇妙なことがあるものだ」

「鬼の言葉ちゃうなぁ」

「違いない」

理外のあやかしが、この程度を奇妙とするのも妙な話か。説き伏せられて甚夜が頷けば、染吾郎はおどけた調子で謳《うた》い上げる。

「そやけどまあ、君のゆう通り。兄を探していた持ち主ってのも、一人くらいはいたんかもしれんね」

宵の空に飛び去ったほととぎす。その行方は二人には分からず、どのような道筋でここに辿り着いたのかもまた知る術などない。けれど想像するくらいは自由だろうと、好き勝手にほととぎすのかつてを作っていく。

「もしかしたらあの簪と笄は、昔どっかの兄妹が互いに持ってたもんで、持ち主が死んだ後も一緒にいようとする想いは二つを引き合わせた……なぁんてのも、ありやな」

語り口は真剣さがなく、完全に冗談といった雰囲気だ。

「それか、どこぞの夫婦の思い出の品やったんかも。いやいや、遠く離れた思い人同士が、お互いにこれを見て、遠く離れても浮気なんかせずに愛し合いましょうね、なぁんて約束を交わしたり」

適当だな、と甚夜は呆れて溜息を吐くが、相手の態度は変わらない。それどころか、何を言っているんだ、と楽しそうに肩を竦《すく》めて見せた。

「しかたないやん。あの簪がどんな旅をしてきたのか。どこのどなたが想いを込めてきたのか。そんなん誰にも分からへんよ。そやけど、分からんでもいいんちゃうかな？」

言いながら染吾郎は夜空を見上げる。

雲は風に流れ、いくつも星は瞬《またた》く。あの光のうちのどれかが、ほととぎすなのだろうか。甚夜も彼に倣《なら》い、広がる夜空の向こうを眺めた。

「清ではなぁ、ほととぎすはとある男の霊魂の化身らしい。ある国の王様になった男は、死んだ後もほととぎすになって自分の国に戻ってくる。そやけど長い長い時間が流れて男の国は他んとこに攻め滅ぼされて、帰る場所が無いって鳴きながら血を吐いたってお話や。〝帰り去《ゆ》くに如《し》かず〟。そやから、不如帰《ほととぎす》なんやと」

長くを生きれば、いつかは目にする日も来る。

横たわる歳月に姿を変え、面影さえ見出せなくなってしまった故郷。

鳴きながら血を吐いたほととぎすの心は、少しだけ身につまされる。

染吾郎は、ほんの少し過《よぎ》った陰りを払拭するように、万感の意を込めて言った。

「ほんでも、あのほととぎすは、自分の兄貴のところまで帰って来れた。そんでええやろ」

鳴き声は遠く離れ、その行方は誰も知らない。だけど、ほととぎすはちゃんと兄と巡り合えた。

確かに結末としては、それで十分なのかもしれない。

「あのほととぎすはどこへ飛んで行ったのだろうな」

「そりゃあ、遠くちゃう？」

「遠く？」

「そ。空高く、広い海を越えて。遠く遠く、想いの還る場所へ。向かう先は、あのほととぎすに聞くしかない……そやけど想いって、最後には望んだ場所に還るて僕は思うな」

長い時を流れ、己が半身へと辿り着いた簪。ならば今度は自分が触れた想いを、他の誰かへ伝えるために飛んで行ったのだろう。

きっと誰かが幸福に笑う傍らには、ほととぎすの鳴き声が優しく響いているに違いない。

「そうか。……そうだと、いいな」

意識しての言葉ではなかった。だからこそ掛値のない本心だった。

あのほととぎすが帰るべき場所に辿り着けるよう、小さく小さく祈りを捧げる。

「さってと、僕はもう行くわ」

いったいどれくらいそうしていたか。

長く短い時間が過ぎ去ると、染吾郎は両手を組んで、一仕事終えたと背筋を伸ばした。為すべきは為したと踵《きびす》を返し、そのまま去っていこうとする。

彼の平然とした態度に思わず呼び止める。

「一応聞いておくが、いいのか」

「何が？」

「私は人に化けた鬼だ」

「ああ……そゆこと。ま、別にええんちゃう」

返ってきたのは気楽な声だ。

退魔よりも職人こそが彼の本分なのだろうが、大雑把過ぎる。甚夜が訝《いぶか》しむも「真面目やなぁ」と苦笑するだけだ。

「だって君、おふうちゃんの知り合いやろ？　あの娘を見逃しとるんやから今更やし、君は危なそうに見えんからね」

「だが」

「僕はあくまで職人や。依頼があれば鬼を討つし、命狙われたら抵抗もするけど、害のない鬼まで叩こうとは思わんよ」

その一言を最後に、染吾郎は表情を変えた。

昏く静かな、鬼を討つ者の顔だった。

「そやけど、忘れたらあかんよ。君らは鬼、どこまでいっても倒される側の存在や。どんなにおふうちゃんがええ娘で、君が人を救って、僕が君らを認めたところでそれは変わらん」

「……ああ、分かっている」

「そんならええんやけど。ほな、さいなら」

今度こそ歩き始める。

夏の月夜に残された甚夜は、奈津を抱きかかえたまま、しばらくの間空を眺めていた。

消えたはずのほととぎすの羽ばたきが、甲高い鳴き声が、まだ聞こえてくるような気がした。

◆

翌日、蕎麦屋『喜兵衛』。

「いやぁ、元に戻ってよかったよかった……ってのに、お嬢さんはなんでへこんでるんですか?」

散々気を揉んだ奈津の変化が収まり、ようやく安心したといった様子で善二が息を漏らす。

その一方で怪異から解き放たれた奈津自身は、暗く沈み込んでいた。

「おふうさん、知ってます?」

「えーっと、どうもあの時の記憶が残っているみたいで」

「ああ、そりゃあ……」

善二が納得してうんうんと頷く。

普段からは考えられない立ち振る舞いだった。元に戻った今思い返すと相当恥ずかしい。怪異のせいと分かっていても簡単には割り切れず奈津は身悶《みもだ》えていた。

「お兄様ぁ、とか甘えてましたしね。確かにあれは恥ずかしい」

「善二、後で覚えてなさいよ」

「あ、いや、別に馬鹿にしたんじゃ」

若干目を潤ませながら、善二に憎々しげな視線を向ける。

胸中をほとんどそのまま口に出してしまう。相も変わらず失言の多い男である。

「まま、お奈津ちゃんも落ち着いて。今日は好きなもん頼んで下せえ。奢《おご》りますから」

「親父さん……ありがと」

「しかし、旦那来ませんね」

「う」

店主の気遣いに感謝し、しかしあの男とのやりとりを思い出すと頬が熱くなる。

それを目敏《めざと》く見付けたおふうが、たおやかに笑いながら声を掛けてきた。

「蛤《はまぐり》になりそうですか？」

男どもは意味が分からなかったようだが、奈津にはそれだけで十分通じてしまう。

「……やっぱり、私はまだ雀《すずめ》で十分だわ」

卓の上に置いた福良雀《ふくらすずめ》の根付《ねつけ》をちょんと指先で突く。

あの男にしな垂れかかったり、腕を絡めもした。自分の意思ではなかったにしろ、決して嫌ではなく、嬉しいと思わないでもなかった。だが、合貝《あわせがい》の想いは少しばかり早すぎた。

「あらあら」

「……ああもう、どんな顔して会えばいいのよ」

頭を抱えて奈津はぐったりと卓に突っ伏す。

色々と言いながらも彼の贔屓《ひいき》の蕎麦屋を訪れる。

それがどんな感情に起因しているかを理解できていない奈津が面白いらしく、おふうはくすくすと笑っていた。

◆

ところ変わって浅草。

甚夜は、翌日すぐに喜兵衛へ行く気にはなれなかった。もしも奈津と顔を合わせれば気まずいことこの上ない。数日は間を置こうと考えていた。

ほおずき市が終わり、人の少なくなった大通りを仏頂面で歩く。すると昼間には珍しい人物の姿を見つけた。

「おや、難しい顔をしているねぇ」

「……夜鷹か」

辻遊女が通りに立つのは夜と相場が決まっている。彼女は闇に紛れねばならぬ程ひどい容姿はしていないが、それでも昼間から顔を合わせるのは稀だった。

「男を誘うには少し時間が早いだろう」

「心配して声を掛けたっていうのに、失礼な物言いじゃないか」

失礼な発言にも、夜鷹はしっとりと艶のある笑みで受け流す。こういったところはさすがと褒めるべきか。

妙な女という印象は拭えない。けれど彼女との会話は昼でも普段通りで、昨夜に少しばかり狂った調子が戻ったように感じられた。

「ま、折角だ。話でもしてかないかい？」

「ほう、それは」

「噂、幾つか仕入れといたよ」

そいつはありがたい。今は体を動かして頭をからっぽにしたかった。

そう思った瞬間、甲高い鳴き声が耳に届いた。

「今のは……ほととぎす？」

てっぺんかけたか、てっぺんかけたか。

夏空に響き渡るほととぎすの声。昨夜聞いたばかりだ、間違えるはずがない。

「ああ、またかい」

うんざりとした様子で夜鷹は溜息を零す。

娼婦としてのものではなく、隙のある横顔だ。甚夜が何かを言うより早く、疑問を察した彼女は憂鬱そうに吐き捨てた。

「いや、今朝なんだけどね。寝ようと思ったら急にほととぎすが鳴いてねぇ。結局、寝られないからこうやって出てきたのさ。それに、さっきから妙にあたしの近くで鳴くんだ。なんだろうね、いったい」

想いはいつか望む場所に還るのだと染吾郎は語った。

だから、例えばの話である。

あのほととぎすの願う最後に帰りたい場所が、かつての持ち主のところだとして。それが、妙齢の女性であったとすれば。ほととぎすは彼女の元へ辿り着き、美しい声で鳴くのではないだろうか。

「ん、なんだい？」

思わず夜鷹をじっと見つめてしまう。

甚夜は彼女の過去を知らない。それどころか名前さえ知らなかった。

ならば、もしかすると。

「まさか、な」

いや、さすがにそれは出来過ぎだ。浮かんだ想像を一太刀の下に斬って捨てる。

「だから何が？　……ねえ、あれ鬼とかじゃないだろうね」

要領を得ない甚夜の態度に嫌な予感でも過ったのか、夜鷹の表情には僅かな不安が見て取れた。

相も変わらずほととぎすは綺麗な声で鳴いている。

勿論鬼ではない。だが、普通のほととぎすでもない、とも思う。

彼女の過去も、あの簪のかつても知らない以上、本当のところは何も分からない。

もしも想像が事実だったとして、特にどうということもない。

「いいや」

結局、答えられるのは、精々この程度のもの。

片目を瞑り、透明な音色に耳を傾けながら、甚夜は小さな笑みを落とす。

「宵を越えたほととぎすが、花に留まっただけだろう」

ただ、それだけの話だ。

余談　雨夜鷹

1

２００９年の５月。

兵庫県立戻川《もどりかわ》高校の恒例行事として、毎年五月に芸術鑑賞会がある。市の文化ホールに一学年が全員行き、演劇を鑑賞するというもので、正直言って私はあんまり興味ないけれど、授業が潰れるので喜んでいる人たちも多い。

「なんか、ちょっとわくわくするねー」

生徒は全員着席し、ホールの照明が落とされた。開演数分前というところで声を掛けてきたのは中学の頃からの親友、梓屋薫《あずさやかおる》だ。

小柄で顔の輪郭も少し丸い薫は年齢よりも幼く見える。後頭部の低い位置で髪を束ねただけの簡単な髪形。大きめのリボンが目立ち、メイクもほとんどしないから余計に幼い印象があった。

「授業がなくなって劇が見れるなんて、今日はラッキーな感じ」

「そう？　えっと、何の劇やるんだったっけ」

「あれ、みやかちゃん、事前のプリント見てないの？」

「あんまり興味なかったし。それに、ちょっと眠くて」

私は素っ気ないとよく言われる。けど、薫はもう三年くらいの付き合いになるし、いい加減私の態度にも慣れてきたようで、気にしないでいてくれる。感情を表に出すのが苦手な私にとっては、おおらかな薫は本当にありがたい親友だ。

「そう言えば、昨日眠れなかったって言ってたっけ。みやかちゃんがプリント確認しないなんて珍しいけど、大丈夫？」

「なんとか」

そう答えはしたが、実は結構厳しい。

自分で言うのもなんだが、これでも私は真面目な方だと思っている。なのに今日は、配られたプリントに目を通せないほど頭がぼーっとしていた。昨夜はほとんど眠れなかったから、正直瞼《まぶた》が重い。途中で寝てしまわないか心配だ。

……眠れなかった理由が、「トイレに行くのが怖かったから」だというのは、薫には内緒にしておこう。主に私のイメージの為に。まさかこの歳で、都市伝説のトイレの花子さんに怯えて一夜を明かす羽目になるとは思っていなかった。

「で、今日の劇って」

「『雨夜鷹』だよ。夜鷹《よたか》と武士の恋を描いたお話。ヒロインの夜鷹は実在の人物で、その人の手記をもとに作った劇なんだって」

「へえ」

夜鷹というのは中学の頃に歴史の授業で聞いたことがある。吉原の遊女よりも遥かに格の低い、道端で客を取る売春婦だ。でも、だとしたら少し変だと思う。

「江戸時代は識字率が低くて、字を書ける女の人って結構少なかったって授業でやったけど。吉原の花魁《おいらん》とかならともかく、なんで夜鷹が手記なんて書けるんだろう」

「えー、いきなりツッコミから?」

あけすけな物言いに薫は苦笑い。別にケチをつけるつもりはないけれど、なんか不思議に感じてしまった。薫が得意げな顔をして答えてくれる。

「あのね、遊女の中には元々武家や商家の娘だったけど、親が死んだり家が取り潰されたりでそういうことをしてた人も多いんだって。このヒロインもそうなんじゃないかな? たぶん」

「ふうん……詳しいね」

「えへへ、さっき教えてもらったばかりなんだ」

ああ、勉強の苦手な薫がすらすらと解説するのは不思議だったけど、理由を聞いて納得した。多分教えてくれたのは、最近妙に縁のあるクラスの男子だろう。薫にはやけに甘い彼なら、二つ返事で応じたに違いない。

「あ、始まるみたいだよ」

きりの良い所で開演のブザーが鳴り響き、ざわざわとした声も段々静かになる。

「お待たせしました。ただいまより劇団クカミによります、舞台『雨夜鷹』を開演いたします」

まばらな拍手がホールに響く。

そうして、ゆっくりと赤い緞帳《どんちょう》が上がった。

◆

その日は、雨が降っていた。

「ふぅ……」

三浦直次は珍しく酒を呑んだ帰りで、若干頬が赤くなっている。

とある事件をきっかけに知り合った浪人・甚夜と商家の手代《てだい》の善二とともに、三人で浅草の煮売り酒屋（居酒屋）まで繰り出した。最初はのんびりと酌み交わしていたのだが、甚夜の方は底無しで、つられて結構な量を呑んでしまった。酔っぱらって歩けないというほどではないが、足元は少し危うい。そのうえ雨まで降り出すものだから、適当な商家の軒先を借り雨宿りしている最中である。

季節は春。冬の寒さも姿を消したが、夜はやはりそれなりに冷える。

「止まないな……」

ぼやきながら空を見上げる。雨はまだ止みそうになかった。

善二は「吉原にでも」と息巻いていた。適当な女でも買って一夜を過ごすつもりらしい。非難はしないが、直次自身はそういう遊びは苦手だった。

甚夜は「仕事を探す」と言って姿を消した。定職を探す、という意味ではない。彼の生業《なりわい》は鬼の討伐。大方呑み直しがてら怪異の噂を探しに行ったのだろう。

直次は明日も登城せねばならない。そのため真っ直ぐに帰ろうと思ったのだが、急な雨で足止めを食っていた。これならどちらかについて行っても良かったかもしれない。

「まったく、運が無い」

「ほんとだねぇ、濡れちまったよ」

零《こぼ》れ落ちた言葉を拾い上げるように答えが返ってくる。

驚きに目を見開けば、雨の中に人影が映る。ゆっくりとした足取りで軒先へ訪れたのは、粗末な格好の、手拭で顔を隠した女。着物が濡れている。彼女も雨にやられたらしい。

「おや、お武家様も雨宿りかい？」

出で立ちを見れば武士だと分かるだろうに、女は砕けた態度を直そうともしない。直次自身畏《かしこ》まられるのが苦手なため、あえて指摘はしなかった。

「ええ、降られてしまいました」

「あたしもだよ。今日はもう客を取れそうもないねぇ」

その物言いに改めて女を見る。

粗末な格好に男慣れした振る舞いから、そういう女性であるのだと容易に察せた。

「なんだい、お武家様。あたしを買ってくれるのかい？」

「あ、いえ、私は、そういうのは」

武士であっても腰の低い直次は、彼女の職業を知っても蔑《さげす》みはしない。誘いを断ったのは、単純に女を買った経験など今まで一度もなかったからだ。元々が生真面目な男であり、色事には慣れていなかった。

「あらま、振られてしまいました」

直次のあわてようが面白かったのか、女は軽くおどけながら、濡れてしまった手拭を取り払う。今迄は隠れて見えていなかった女の顔に、直次は一瞬戸惑った。

「いい歳をして、初心《うぶ》だねぇ。それとも夜鷹なんか相手に出来ないって？」

手拭の下に隠れていた容姿は、夜鷹とは思えぬ程に整っていた。大層な美人、という訳ではない。しかし化粧の必要がないくらいに白い肌が印象的な、儚げな娘だった。

「体を売る女がそんなに珍しいかい」

不躾《ぶしつけ》な視線を送り続ける直次に、からかうような調子で女は言った。

そこでようやく自分の無礼に気付き、反射的に頭を下げる。

「あ、いえ……済みません。他意があった訳ではないのです。ただ、少し意外で」

「……驚いた。売女に頭を下げるお武家様なんて初めて見たよ」

今度は女の方が面を食らっていた。武士と言えば横柄なものだとでも思っていたようで、直次の素直すぎる態度に若干の困惑を見せた。

「変な人だねぇ」

くすくすと笑う。顔を上げれば笑顔が映る。

表情は実に無邪気で、とてもではないが春をひさぐ女のものではない。

「そうです、か？　真面目だとか固いとはよく言われますが」

「誰にでも真面目で固いのは変だと思うね」

「そういうものですか」

そこで会話は途切れ、しばらくの間、雨音だけが弾んでいた。

沈黙を重いとは思わなかった。女は明け透けな物言いをするのに、静かな佇まいは夜に溶け込むような自然さだ。

そのせいだろう、雨音を聞きながら過ごす夜は心地好かった。

「本当に止みそうもないね」

長く短い時間が流れ、しかしいつまでも雨足は弱くならない。いい加減痺れを切らしたらしく、女は灰色の雲を眺めながら、軽やかな足取りで軒先から離れる。

「いけません、濡れてしまいます」

「もう濡れてるんだから、今更だよ。それじゃ、お武家様」

「あ、あの！」

まだ雨の残る夜、女は優雅に振り返る。

咄嗟に呼び止めてしまったが、二の句を告げられない直次を、女は不思議そうな顔で見つめていた。彼女の視線に顔を赤くして、けれどいつまでも黙っていてはいけないと、どうにか言葉を絞り出す。

「あの、ですね。ああ、いや。そう、名前を。私は、三浦直次と申します。よければお名前を教えてはいただけませんか?」

苦し紛れに出てきたのは、生真面目な直次からは考えられないような問いだった。

雨宿りに軒下を借り、偶然一緒になった女の名を聞く。いかにも善からぬ輩の振る舞いではないか。口にしてから迂闊《うかつ》さを後悔したが、夜鷹は気にしていないらしく、ゆるりと笑みを漏らした。

「夜鷹」

まさか答えが返ってくるとは思わず、自分で聞いたにもかかわらず戸惑ってしまう。

「あたしは夜鷹の夜鷹。名前なんて、それで十分だろう?」

青白い肌。静かな雨の中。濡れそぼる闇色の髪。

夜に溶ける彼女の微笑みは、浮世のものではないように感じられる。

美しいと思った。

女性に見惚れるなど、これが初めてだった。

……見惚れたままでいれば、雨の夜の小さな出会いで終わったのかもしれない。ただ、直次は気恥ずかしさに、ほんの少しだけ夜鷹から目を逸らしてしまった。だから気付いた。

「ん、あれは……」

雨の中、人影が一つ。雨に邪魔されて黒い塊にしか見えない。ただその輪郭は男のものだ。

どこかで見た姿。いつから会っていなかったか。

あれは、あの人影は。

「兄、上……?」

そうだ、人影は黒い塊にしか見えないのに、何故かいなくなった兄に似ている気がした。

「あぁ……あの人は」

直次の動揺をよそに、夜鷹もまた吐息を漏らす。

雨に打たれながら、気怠そうに、しかし決して影から目を逸らさない。

「貴女は、あの男を知っているのですか?」

雨の中の女。光のない、墨染《すみぞ》めの目。兄に似た男を見詰める夜鷹は、遠い景色を眺めるようで、どこか諦観さえ感じさせる色をしていた。

沈黙の空白に入り込む雨音が耳をつんざく。

しとどに濡れて冷えるだろうに、夜鷹は身震いさえしなかった。そうして自身に言い聞かせるように彼女は呟く。

「昔の男、だよ」

面倒くさそうな、投げ捨てるような言い方だった。

安政《あんせい》二年(1855年)。

花を散らせるような、激しい雨の夜のことである。

翌日、直次が蕎麦屋『喜兵衛』の暖簾を潜れば、いつも通りの笑顔で看板娘のおふうが迎え入れてくれた。

「あら、いらっしゃいませ。三浦様」

「どうも」

直次は返事もそこそこに、力なく息を吐いた。

昨晩、夜鷹はあの人影を無視して夜の町に消え、直次も特になにをするでもなく帰宅した。屋敷へ戻り寝床に就いたはいいが、兄に似た昔の男が、なにより夜鷹自身が気になってあまり眠れなかった。

「ああ、甚殿」

店内を見回せば、やはりというか、相変わらず甚夜の姿があった。

この男はよく喜兵衛へ訪れる。一日一回は蕎麦を食べているのではないだろうか。

軽く一礼して、かけ蕎麦を注文しつつ同じ卓に座る。待つ間は自然に無言となった。

「どうした」

「え？　あ、いえ、なんでも」

普段なら直次の方から話しかけるが、今日は甚夜がこちらの様子を聞いてきた。表情を取り繕ったつもりが、うまくはいかなかったらしい。顔を出した店主も察していたようで、からからと笑っている。

「また悩み事ですかい？　直次様も、よくよく悩むのが好きな方ですねぇ。あいよ、かけ一丁」

「はーい」

出来上がった蕎麦が運ばれてきた。湯気の立つ丼を卓に置かれても箸をつけず、直次はぎこちない笑みを浮かべることしかできない。

「はは、面目ない」

「何かあるんなら聞きますよ?」

「いえ、本当に何でもありませんよ」

「直次様の何でもないは信用できませんて。旦那も何か言ってやってくだせえ」

話を振られても、甚夜は我関せずで蕎麦を啜《すす》っている。

「こう言っている以上、無理に聞くのもな」

鬼にまつわる厄介事ならば別だが、ごく個人的な悩みにまでは土足で踏み入る真似はしない。冷たそうに見える甚夜の気遣いが、今はありがたい。

「いや、ですがね」

「本当に大丈夫ですから。もしもなにかあれば、その時は頼らせていただきますので」

心配をかけぬよう、きっぱりと言い切る。堂々とした態度に少しは安心してくれたのか、店主は引き下がった。

「ったく、直次様は意外と頑固ですね。誰に似たんだか」

「お父さん、いけませんよ」

「おっと」

子供扱いするような物言いをおふうが窘《たしな》める。仲のいい親娘の姿に、直次は微かに頬を緩めた。

「そう言えば、甚殿は昨日あれから?」

確か昨日、帰り際に仕事を探しに行くと言っていた。

甚夜の仕事というのは、鬼の討伐。昨日の影の件もあり、また怪しげな噂でも流れているのか少し気になった。

「ああ、面白い話を聞いた」

「やはり鬼ですか」

「おそらくは、な」

面白いといってはいるが、この男は厄介な鬼を相手取る時こそ面白いと語る。

おそらく今回も、相当な厄介事を背負い込んだのだろう。

「とりあえず今夜、もう一度浅草に行くつもりだ」

甚夜の一言に直次の思考は止まった。

今夜も彼女は浅草にいるだろうか。

2

最初から名前は必要なかった。

父が武士ならば、彼女は武家の娘。貧乏な武家に生まれた女の使い道など少ない。彼女は武家の娘として、否応なく名も知らぬ誰かの元に嫁ぐ。そこに親子の情はなく、ただ役割と利害があったのみ。

「娘よ、名はなんという」

夫になるという武士は、そう言った。

だから平然と答える。

「武家の娘に御座います」

もとより己の意思ではなく、家を存続させるためこの場にいる。ならば名はそれで十分だ。中身なぞ端《はな》から求められていない。重要なのは誰であるよりも役割の方なのだから。

しかし、相手は馬鹿にされているとでも思ったらしい。婚約は破談となり、縋《すが》る縁を失った家は没落し、彼女は武家の娘ですらなくなった。

失意の内に死んだ父。恨み言をぶつける母。どうでもよかった。

罪悪感は欠片もない。そもそも、申し訳なく思うほどの情を与えてはもらえなかった。あの人たちにとって、自分は道具に過ぎない。役割が破綻すれば他人とどこが違う。

行方知れずになった兄だけは、少し気になった。けれどもう会う機会もない。そういうものだとすぐに諦めた。

そうして一人になり、彼女の名を呼ぶ者は誰もいなくなった。

悲嘆はない。なにせ父母が教えてくれた。

己が、どこのどなたであろうと、役割さえあればそれでいい。

つまり、最初から名前なんて必要なかったのだ。

◆

日が落ちて、直次は再び浅草へと足を延ばした。

商家の立ち並ぶ大通り。途中、またも雨が降り出した。

今夜は傘を初めから持ってきていたので濡れなかったが、雨の夜はやはり冷える。

ほんの少し肩を震わせながらも淀みなく進み、辿り着いたのは昨夜と同じ軒先。傘をたたみ、そこで雨宿り。自分は何をしているのか。明確な答えは出せぬまま直次はただ待ち続けた。

「おや、昨日の。傘を持って雨宿りかい？」

夜も深くなり、雨が激しさを増した頃だった。

ぼろぼろの傘をさした、粗末な衣を着崩した女。夜の雨に濡れた白い肌。小さく微笑めば、妖しげな色香が漂う。

「今晩は、夜鷹殿」

「夜鷹殿？　妙な呼び方だね」

「ですが貴女が名乗ったのでしょう」

「それもそうか」

傘を持つ二人が軒先で雨をしのぐ。

奇妙な光景ではあるが、直次には傍目を気にする余裕はない。彼女を待っていたというのに、いざとなれば緊張に体が硬くなっていた。

「で、お武家様はどうしてここに？」

「あ、いえ。何と言いますか」

見透かすような目だった。口にしていない内心さえ読まれたような気がして、自分よりも年若いであろう女相手に狼狽《ろうばい》させられる。

趣味など刀剣の見聞・収集くらいしかなく、酒も嗜む程度。なにより元が生真面目な性格だ。夜鷹と渡り合うには少しばかり経験が足りなかった。

「少し、気になったものですから」

「へえ、なにが？」

貴女が、と言えるほど遊び慣れてはいない。

だから、もう一つの理由に触れる。

「あの、人影が」

嘘でもない。雨の中に見た、兄とよく似た人影。おそらくは夜鷹を見ていたのだろう。あれが何者なのか気になったのは事実だ。

「言っただろう、昔の男だよ」

感情の乗らない冷たい声は、雨音の中でもいやにはっきりと聞こえた。

「それは……」

兄とよく似た男は、彼女と寝たのだろうか。

得体の知れない何かに心の臓を握られた。上手く呼吸できず、それでも真意を問おうとする。

「女の、それも娼婦の過去を探ろうなんて随分と下世話じゃないか」

しかし、二の句を封じられた。

娼婦に身を落とす女の半生なぞ語るまでもない。差異はあれど皆一様に無惨な道行きに決まっている。それを掘り起こそうなんぞ確かに下世話だ。

「済みません。無礼でした」

謝罪はすぐさま。二度目とはいえ娼婦に頭を下げる武士という構図には慣れないのか、夜鷹は微妙な表情をしていた。

「ほんと、お武家様は素直だね」

「直次で構いません」

「そうかい。で、お武家様はあたしに何の御用で？」

名前は呼ばず、薄く妖しい笑みで誘う。蠱惑《こわく》的な色香が漂うのに、何故か寂しそうにも見える。

「あの人のことだけじゃないんだろう？」

あの人、と。何気ない呼び方に、嫌な気分になる。

誤魔化すのは得意ではない。きっと顔に出ていたろうに、夜鷹は気付かないふりをしてくれた。

「別に用があった訳ではないのです。ただ、もう一度会ってみたかった」

「それだけかい」

「ええ、まあ」

「夜鷹がそんなに珍しいのかね」

「そうではありません。私が会いに来たのは貴女です」

自然と語気が強くなる。揶揄されても苛立ちはない。ただ、夜鷹の自分を下げるような物言いが寂しく、同時に悔しかった。

直次の微かな怒りを察し、失礼だったと夜鷹は素直に謝る。

「悪かったね。ちょっとおふざけが過ぎた」

「済みません、私も大人げなかった。ですが本当に、ただもう一度会ってみたかっただけ。それ以上は考えていませんでした」

他にも、もっともらしい理由はあったのかもしれない。けれど、そのどれもが空々しく思える。ただ彼女に会いたかった。それが、直次の本心だ。

「ほんと、変なお人だね」

息を吐き、彼女の口元が緩む。娼婦の所作ではなく、気取りもしない、ただの女の笑みだった。その優しさに直次は見惚れ、穏やかな時間が二人を取り巻く。

しかし、長くは続かなかった。

「あ……」

やはり、今日も来た。

花の季節には似合わない。洗い流すでは表現が綺麗過ぎる、殴り付けるような激しい雨。その中に、ぽつり、黒い影。

——あの黒い影がこちらを見ている。

何をするでもない。近付いてきて話しかける、負の感情を向ける、襲い掛かってくる、そのいずれでもなく本当に何一つしてこない。

雨に遮られ、その姿を明確には捉えられない。だが改めて見ても、影は兄に、三浦定長《さだなが》に似ているような気がした。

「なんで、今更来るんだろうね」

昔の男。それは、以前寝た客という意味ではなかったのかもしれない。夜鷹の声には隠しきれない親愛の情があった。なのに彼女は震えていた。事情は分からないが、怯えているのだ。

「お武家様……？」

直次は、ずいと前に出て彼女を背に隠した。

意味があるかは分からない。けれどあの男から隠してやりたかった。

夜鷹が、背中に体を少しだけ預けてくれた。不器用な優しさに報いるような、微かな重さが心地好い。

とくん、と高鳴った鼓動はいったい誰のものだったろう。

雨の夜。まだ少し冷たい春の風に吹かれ、それをあたたかいと感じる。

しばらくの後、黒い影は雨に流されて消えた。

◆

「どうしたんです？　珍しく箸が進んでいませんねぇ」

「ん、ああ」

浅草へと向かった翌日、甚夜は今日も今日とて喜兵衛に訪れ、普段のようにかけ蕎麦を頼んだが、どうにも箸が進まない。声をかけられても、気のない返事になってしまう。

「伸びてしまいますよ？」

「そうだな、頂こう」

促されて口を付けるが、昨晩の一幕を思い出せば手は止まってしまう。

もともと仏頂面だと自覚しているが、今日はいつにも増してなのだろう。それを気にしてか、おふうが少しだけ腰を屈め、顔を覗き込んでくる。

「そう言えば、昨日は鬼を討ちに行ったんですよね。なにか、あったんですか？」

「……いや」

「言いたくないなら、無理には聞きませんけど」

そう言いながらも目は心配そうに揺れていた。

おふうはいつもさりげなく気にかけてくれている。そのうえ同じ鬼、正体も知れているのだから、甚夜にとって彼女は最も気安い相手だ。だから、ごく自然に答えていた。

「昨夜は後れを取った。それだけだ」

「甚夜君が、ですか？」

いい加減付き合いも長く、甚夜の剣の腕も十分に理解している。後れを取ったというのが意外に思えたのだろう。

「怪我は、ありませんよね」

「一応は」

昨夜、怪異の噂を聞き付けた甚夜は浅草に足を運んだ。

降りしきる雨の中、件《くだん》のあやかしと対峙する。決して強くはなかった。無傷で討ち取れる、その程度の相手だ。

にもかかわらず、あやかしを前に動揺し、取り逃がしてしまった。実力が及ばなかったのではなく、くだらない感傷で勝ちを取りこぼした。全ては己の未熟。強さを求めながら未だこの様、我ながら呆れてしまう。

「でしたら、今日も行かれるんですか？」

「それは天気次第だな」

「天気？」

「ああ。どうにも件の鬼は、雨の夜にしか出ないらしい。ここ二日は雨が降っていたからよかったが、取り逃したのは痛いな」

「え？　ですけど」

おふうが何かを言おうとした瞬間、遮るように暖簾が揺れた。

「あら、いらっしゃいませ」

訪れた客は見慣れた顔だ。喜兵衛の数少ない常連、三浦直次在衛《ありもり》である。

店に入った直次は、甚夜の姿を確認すると一直線に向かってきた。やけに切羽詰まっている。下手をすると兄の事件の時と同じくらい余裕がないように見えた。

「甚殿、お時間をよろしいでしょうか」

そういえば、昨日も何か悩み事があるような素振りだった。鬼の討伐ならともかく、他事では上手く相談に乗ってやれる自信などないが、知らぬ間柄でもない。

直次の真剣さに甚夜も表情を引き締め、「ああ、構わない」と首を縦に振る。

「ありがとうございます。いや、鬼にまつわる話ではなく、私事で申し訳ないのですが。できれば店主にも、おふうさんにも聞いていただきたいのです」

「俺らもですかい」

「はい、助言を頂ければと思いまして」

「はぁ。俺は別に構いませんが。おふう」

二人が「聞く程度ならば」と頷けば、心からの感謝を示し直次はしっかりと頭を下げた。

適当な卓に腰を落ち着け、ようやく本題へと移る。

「さて、何から話したものでしょうか」

直次はそう前置きをすると沈黙し、しばらく頭を悩ませていた。

張り詰めた空気に店内は静まり返る。よほど重大な悩みなのかと、誰もが息を呑み、次の言葉を待つ。

そうして、直次は顔を上げ、重々しく話を切り出した。

「実は、ですね。気になる女性が出来ました」

予想外の言葉に、甚夜達が固まってしまったのは致し方ないことだろう。


直次は、夜鷹について語った。

雨の夜の偶然の出会い。心惹かれた何気ないやりとり。遭遇した黒い影も含めて、順序だてて説明する。

途中、甚夜は直次の語る女性が、自分の知る街娼だと気付いた。生真面目な直次が、あの夜鷹に。正直なところしっくりは来ないが、男女の仲とはそういうものかと、余計な横槍は入れず黙って耳を傾ける。

「ほお。あの晩の帰り、そんなことがなあ」

感心したように善二は息を吐く。相談には、途中で店を訪れた善二と奈津も加わり、いつの間にか大人数になっていた。

「私としては、吉原に行った誰かさんの話も気になるんだけど」

「うっ、それは、ですね。それよりも、まずは直次の話が大事でしょう、お嬢さん！」

うっかり吉原に行ったと漏らしてしまった善二が、半目で奈津に睨まれている。これはまずいと思ったのか、善二は勢いで誤魔化そうと大声を張り上げ、彼女が何かを言うより早く話を進めていく。

「つまりあれだな。直次はその女性の気を引きたい訳だ」

「あ、いえ、別にそこまでは。ただ、もう少し親しくなりたいと」

「でもよ、武士じゃ惚れた腫れたも自由にゃ行かないが、できれば……とか考えてんだろ？」

憎からず思っているのは間違いないだろうが、直次は曖昧に首を傾げた。

「なんとも言えません。仰る通り、私は親の命ずる相手と契りを交わすものだとばかり思っていましたから」

武士の婚姻は家のため。直次は確か今年で二十のはずだ。そろそろ縁談の一つもと覚悟はしていたのかもしれない。しかし今は違うのだと、大真面目に彼は言う。

「けれど、あの人が気になっているのは事実なのです」

「なかなか言うじゃないか！」

男ならそうでなくてはいけないと、直次の背中を叩きながら朗らかに善二が笑う。

ただ、妙に楽しそうな善二や黙って聞いている甚夜はともかく、娘達は困惑している。武家の跡継ぎがこの手の相談を持ち掛けるとは予想しておらず、また相手が相手だけにその表情はぎこちなかった。

「夜鷹にって、本気で、ですか？」

最下級の街娼と武士。とてもではないが釣り合いはとれていない。奈津からは、女としての僅かな嫌悪が見て取れた。

「ええ、本気です。彼女は娼婦。おそらくは多くの人が顔をしかめるでしょう」

夜鷹とは、そういう存在だ。奈津の態度は当たり前で、そうと理解しているだろうに、直次はまっすぐだった。

「ですが彼女を知りたいのです。知ってどうなるかは、これからになりますが」

躊躇《ためら》いや迷いなど微塵も感じさせない。それだけで彼の本気が伝わるというものだ。奈津も納得したらしく、素直に引き下がった。

「案外、熱のあるお方なんですねぇ、三浦様は」

おふうは懐かしそうに、ゆるやかに目尻を下げた。

おそらく、いつか自分を救ってくれた誰かの優しさを、直次に見たのだろう。家族の繋がりとは断たれないものだ。それをこの目で確かめられたから、甚夜は小さく笑みを落とした。

「いや、大人になったなぁ。おふう、お前もそろそろ旦那とだな」

「だからね、お父さん」

少しだけ呆れながらも、仲の良い親娘のやりとりが微笑ましい。空気が緩んだところで、今まで黙っていた甚夜は、真剣な顔で端的に話をまとめた。

「つまり、その女との仲を取り持ってくれ、ということか？」

「いえ、ですから。取り持つというと、どうにも印象が」

これまでの会話で、多少の恋慕は自覚したようだ。だが、身も蓋もない言い方はさすがに照れるらしく、直次は少しばかり言い淀んだ。

「まあ、なんにせよ私では役に立てそうもないな」

「確かに甚夜君は苦手そうですねぇ」

図星を指され、反論もない。今まで強くなることだけを考えてきた。遠い昔には惚れた女もいたが、結局は上手くいかなかった。助言などできる立場ではなかった。

「なら、ここは俺に任せとけ」

匙《さじ》を投げた甚夜に代わって、善二がにやりと自信ありげに笑う。

「なにか妙案でもあるの？」

「あれですよ、その女が悪漢に襲われてるところを直次が颯爽と助けるんです」

「うわあ……」

あまりの陳腐さに奈津は軽く引いている。どうやらこれが絶対の確信をもって打ち出した提案らしい。善二には既に成功が見えているのか、態度には余裕すらある。

「いやいや、お嬢さん。馬鹿にしちゃいませんて。やっぱり自分を守ってくれる男に、女はよろめくもんなんですよ」

「だとしても、都合よく悪漢など出る訳もないだろう」

色恋にはとんと縁のない男でさえ呆れるような意見だ。溜息交じりにそう言えば、それも織り込み済みと善二は笑い、甚夜の肩にぽんと手を置く。

「何言ってんだよ、悪漢」

先程よりも更に口角を吊り上げた、心底楽しいといった笑みだった。

善二曰く、「お前ならでかいし、目付きも鋭いから似合いだ。お前がその女を襲って、それを直次が助ける。完璧じゃないか」。

穴だらけ過ぎて何が完璧なのか全く理解できないが、彼は満足そうにうんうんと頷き、直次に話を振る。

「甚殿を……」

下らない提案を受けて、直次は真面目に考え込んでいる。

襲い掛かる悪漢から娘を守るために斬り結ぶお侍様。講談やら読本ならば定番ではある。

「はは、馬鹿を言わないでください、善二殿。私が勝てる訳ないでしょう」

想像の中でさえ敵わなかったらしく、彼はにこやかに却下した。

「いや、あくまで演技だからな。勿論、手加減はしてもらう」

「すまない、私もそういった真似は苦手だ。一応やってはみるが、うまくできるかどうか」

抜いたからには斬る。好んで殺すつもりはなくても、万が一もある。そもそも演技の為に玩具のように刀を扱うのは気が引けた。

「お前ら、揃いも揃って融通利かねえな！」

「この二人にそれを求めるのが、そもそも間違っていると思いますけど」

趣きは違えど共に真面目な堅物。二人に演技は荷が重いと、おふうも呆れ気味だ。果たしてどちらに向けてのものかは分からなかった。

「いいと思ったんだがなあ。ちなみに親父さんはなんかいい案ありませんか？」

善二は疲れたように肩を落とす。話の合間におふうが淹《い》れてくれたお茶を啜《すす》り、投げやりに店主へ話を振れば、さらりと答えが返ってきた。

「そりゃあ、積み重ねることじゃないですかね」

あまりにも軽い調子で、聞き逃してしまいそうになるほどだった。

「積み重ねる、ですか？」

直次が問い直しても、店主はからからと笑い、やはりなんの気負いもなかった。

「ええ、積み重ねるんです。例えば、旦那は最初から鬼を討てるほど強かったんで？」

「いや」

「善二さんだって、須賀屋に入った時から手代《てだい》って訳じゃないでしょうに」

「そりゃそうですよ」

当たり前だ。幼い頃は稽古をつけて貰っても簡単にあしらわれていた。それでも毎日のように剣を振るって、振るって、ただひたすらに振るい続けて、いつの間にか鬼を討てるようになっていた。

と、そこまで考えて店主の真意に気付く。

「ああ、なるほど。確かに店主の言う通りだ」

「でしょう？　強くなりたいなら毎日剣を振るう。偉くなりたいなら真面目に働く。誰かの心が欲しいなら、それに見合うだけの時間をかける。それで全部が全部上手くいくほど現世は簡単にゃできていませんけど、結局ものを言うのは劇的な何かじゃなくて積み重ねたもんだと思いますよ、俺はね」

　時間をかければ必ず成功する、そこまで甘い話はない。それでも人の心を動かしたいのなら、近道を選ぶのは相手に失礼だと、店主は勝ち誇ったような顔で言ってのける。

「ちなみに、俺は二十年近くかけて信頼を積み上げて、最高の女を口説き落としました。経験者の言うことは素直に聞いとくもんです」

　全てを捨て、長い歳月を費やし、鬼女の心を解きほぐして父となった男の言だ。

　単純な真理だけに、そこには相応の説得力がある。

　店主が話を締め括った後、甚夜はちらりと横目でおふうを見た。彼女もまた同じ仕種、自然と視線が交わり、それがおかしくて二人してくすぐったさに笑った。

「二人とも、どうしたの？」

　奈津が不思議そうに小首を傾げる。

「何でもありませんよ」

「ああ、何でもない」

　甚夜とおふうの声が重なる。返す答えも同じで、余計に面白く感じられた。

　ふうん、と反対に奈津は面白くなさそうな顔で不貞腐《ふてくさ》れている。のけ者にされたような気分なのだろう。しかし易々と話せるような内容でもなく、やはり二人して苦笑を零《こぼ》した。

「そう、ですね」

しばらく無言だった直次が、力強く頷く。

「確かに店主の言う通りです。まずは、何度も顔を合わせ話してみるところから始めようと思います」

「それがいいかと。直次様は、何も考えずに真面目にってのが一番似合ってる」

「そうかも知れません。まずは、雨宿りをした軒下で彼女を待ってみようかと。ありがとうございました。では、これにて失礼します」

晴れやかな表情で席を立ち、迷いなく暖簾を潜り出て行く。

蕎麦の一つも食べずに、しかし実に満足そうな背中だった。

「……結局、親父さん一人で解決しちゃったわね」

奈津の一言に甚夜も善二も押し黙る。分かっていたが、まともな意見を出してやれなかった。

「ま、年の功ってやつですよ。無駄に歳だけは食ってますから」

そういう気負いのなさが今は頼もしく見える。

ただ、なぜかおふうが納得のいかない顔をしている。「雨宿りをした軒下で……」と直次が残した一言を噛みしめていた。

「ん、どうした、おふう。俺、なんかまずいこと言ったか？」

「そうじゃありません。ただ、ちょっと三浦様のお話が奇妙で」

「奇妙？」

こくりと頷き、釈然としない様子で彼女は甚夜の方を見た。

「さっきの甚夜君の話もなんですけど、なんというか、おかしなところが」

おかしいと言われても、怪異が絡んでいるのだから多少は奇妙だろうが、昨日の件をそのまま話しただけだ。直次の話も、特に矛盾する点はなかった。

しかし次いで放たれた言葉に、甚夜は一気に困惑することになった。

「だって昨日も、一昨日も、雨なんて降っていませんよ？」

3

人の知ることのできる範囲には限りがある。

どれだけ聡明な人間でも、どんなに努力しても、人は自分の見ているものしか見えていない。

例えば、先に店を出た生真面目な武士は、ここ数日雨など降っていなかったという事実に最後まで気付かない。同じように鬼を討つ男も、夜鷹が雨の中に何を見たのかなぞ分かるはずもない。

そもそも蚊帳《かや》の外にいる店主らは、何があったのかさえ知り得ない。

それぞれが自分を生きる以上、そこから食《は》み出たものは所詮よそ事。今を生きる者は己の物語しか見ることはできず、『雨夜鷹』はどこまでいっても夜鷹と武士の恋の話でしかない。

けれど忘れてはいけない。

「見えない」と「無い」は同義ではない。誰に見えなくとも、それは確かにあって。

だからいつかは——

◆

激しい雨音が耳をつんざいて、吐く息の白さに、春の宵の寒さを実感する。

ぼろぼろの傘では雨はしのげず、肩口は濡れてしまっていた。不意に映った軒先、立ち寄って雨宿り。そこが昨日と同じ場所だったことに他意はない。少なくとも夜鷹には、そのつもりはなかった。

「さすがに、今日はいないか」

やまない雨に零《こぼ》した声。何故か、少しだけ落胆した自分には気付かないふりをした。

昨日と同じ軒先。もしかしたらあの奇妙な武士が訪れるかもしれない。もともとその程度の想像、なにか用があった訳でもない。件《くだん》の彼が来なかったところで別にどうでもいいだろう。

春とはいえまだ少しだけ寒い。冷えた体を小さく震わせ、夜鷹はふと空を見上げる。

広がる黒。天の底が抜けたように降り止まぬ雨。凍える夜がいつかを思い起こさせる。雨の向こうには遠い記憶が浮かんで、しかしそのまま流されて消える。

大した話ではない。武家に生まれ、落ちぶれた女が娼婦に身を落としただけ。どこにでもある、ありきたりな不幸だ。元より過去は縋《すが》りたくなるほど幸福なものでもなかった。未練があるとすれば、ちゃんと家族として、妹として扱ってくれた兄くらいか。貧乏な武家で余裕もないのに、時折無理をして装飾の類を買ってくれた。高級そうな、ほととぎすの簪《かんざし》。そう言えば、あの簪はいったいどこへいってしまったのだろう。

『…き……』

思い出したのがいけなかった。

激しい雨音に紛れて、か細く、今にも消え入りそうな声が聞こえてくる。

心が冷えた。緩慢な所作で視線を声の方に移せば、雨の中に黒い影が。

「あぁ……」

捨ててきたもの、いるはずのない人が、雨の中でこちらを見ている。

まやかしだ。そう思いながらも体は震える。寒さのせいではない。恐怖など微塵もない。この震えはいったいどこから来るのだろう。

夜鷹の夜鷹。

名前もなく、ただ春を売る女。

それでよかった。よかった、はず、なのに。過去の誰かが、落ちぶれた今を見咎める。

『こっちへ……』

あの人が、誘っている。

馬鹿な。ある訳がない。だって、あの人はもう。

なのに、足は勝手に動く。力が入らないのに、前へと進む。

影は動かない。きっとあの人は、いなくなった妹を、ただ待っている。

幽鬼のような足取りで影の元へと歩み往く。

「お兄、様……」

雨は、まだ止みそうもない。

◆

浅草の大通り。

夜になり、立ち並ぶ商家は閉まっている。普段の喧騒はなく、ただ叩き付けるような雨音だけが辺りに響いていた。

傘も差さず、雨に打たれ、それでも身動《みじろ》ぎさえせずに佇む男が一人。

「雨は、まだ止みそうもないな」

甚夜はゆっくりと刀を抜いた。見据える先には黒い影。沈み込むような、浮かび上がるような。雨の中にあって影は異様な存在感を醸し出している。

影に敵意はない。だからこそ甚夜には噛み締めるような苦渋があった。


善二や直次と酒を呑んだ晩、奇妙な噂を耳にした。

曰《いわ》く、雨の夜にのみ現れる奇怪な黒い影。

目撃談は多くあったが、詳細は一定しない。屈強な男、あるいは細身の小男。ある人は見目《みめ》麗《うるわ》しい娘と言い、またある人はみすぼらしい老女だと言う。

実体の定かではない黒い影。これは面白い話を聞いた。

訪れた浅草の大通り。初日は空振りに終わったが、二日目の夜は件の影と遭遇した。その正体を見極めようと対峙するも、甚夜は驚愕に身を震わせる。斬り伏せようと立ち向かうも剣に普段の冴えはない。凡庸な太刀捌《さば》きでは影を捉えられず、結局は取り逃がしてしまった。

それを不覚と思う余裕なぞ甚夜にはない。

消えた影の行方を追うように雨を睨み付ける。……影は、懐かしい姿をしていた。

そうして今、再びの邂逅《かいこう》を果たし、心は僅かに波立っている。故郷を離れ、流れ着いた先で触れたあたたかさ。まだ「私」が「俺」でいられた頃が、雨の向こうの姿に重なった。

「昨夜は、確かに後れを取った」

眼前の黒い影に、ではない。この怪異は、あまりにも懐かしかった。輪郭さえ不確かだというのに、あの頃のままの気配がそこにはあった。だから刃が鈍った。弾けて消えた水泡《みなわ》の日々に、みっともなく縋ってしまったのだ。

昨夜は確かに後れを取った。それは黒い影にではなく、幸福を当たり前のものと甘受していたかつての自分にだろう。

「だが、今度は逃がさん」

雨が強くなった。

幸いだ。視界が邪魔されて黒い影の姿は良く見えない。少しだけ斬りやすくなった。

四肢《しし》に力を込める。躍動する体躯《たいく》。弾かれたように影へと肉薄する。

踏み込み、いつかのように、上段、幹竹《からたけ》。叩き割るように振るう一刀。

近付いた黒い影の姿に息を呑む。

懐かしい人がいた。

◆

夜半、雨は強くなった。

叩き付ける雨音を静かに感じるのは、穏やかな心持のせいだろう。

直次は馴染みの店主からもらった助言を胸に夜鷹の元へと、正確に言えば昨夜の軒先へと向かう。会えるかどうかは分からない。それでもよかった。まずは少しずつ積み重ね彼女を知り、そして自分についても知ってもらおう。

年甲斐もなく胸が高鳴る。一向に雨足は弱まらず、それさえも心地好い。

あの軒先まであと少し、僅かながらに頬が緩む。

けれど目的の場所に辿り着いた瞬間、直次の体は固まった。

ふらふらと、幽鬼のような足取りで雨中を往く夜鷹。

一気に心が冷えた。

彼女の向かう先には黒い人影が。

駄目だ、そちらに行ってはいけない。思わず傘を捨て駆け寄り、ぐっと肩を掴む。なのに彼女は歩みを止めず、一歩二歩と足を前に出し、それ以上進めなくなって、ようやく直次の方に目を向けた。

「あれ、お武家様、かい？」

虚ろな目だった。視線は向いていていても直次の姿を映していない。

「どうしたのですか、いったい」

「呼んで、るんだ、あの人が」

「何を言っているのですか、貴女は」

感情が乗らない。夜鷹は惰性で喋っている。

両肩を掴んで揺さ振れば、どうにか視点が定まる。呆けたような表情が少しずつ強張り、声にも力が戻ってきた。

「あ、あぁ、そうだね。あの人がいる訳ないんだ。こんなところに、だけど」

「そうではない！　あれが」

直次には、夜鷹が正気を失っているようにしか思えなかった。

彼女はまた黒い影に向き直った。大切な物を壊してしまった子供のような、悲しさとも寂しさともつかぬ曖昧な表情を浮かべていた。

あの人。昔の男と言いながら、本当は今でも大切に想っている相手なのだろう。それくらいは直次にも理解できた。だとしても、夜鷹を影の元に行かせる訳にはいかない。

影は動かずこちらをじっと見ている。いや、見ているように感じられた。特に何かをするつもりはないらしい。それが恐ろしい。

雨に遮られ、輪郭さえ覚束なかったが、遠くから見た影は兄に似ていると感じた。しかし、近付いた今、兄ではないのだと思い知った。

「あれが、人の訳ないでしょう！」

夜鷹の求める影は、本当にそうとしか表現できない。

昨夜は人影だと思ったが、違った。

距離は二間まで詰まり、なおも黒い影は、黒い影のままだったのだ。

「なに、を」

困惑する夜鷹にこそ直次は困惑していた。

四肢はある。おぼろげな輪郭は確かに人の形をしている。けれど顔がない。皮膚が無い。遠目だから黒い塊に見えた訳ではなく、この影は本当に黒い塊だ。

「何を言っているんだい？　あの人は」

だというのに、夜鷹はまだこれをあの人だと言う。

正直に言えば気が触れたようにしか見えない。

だが、直次は知っている。あり得ないことを当たり前のように起こす存在が現世にはいるのだと、身を以《も》って経験していた。

「鬼……」

高位の鬼は、一様に人知を超えた特異な能力を身に着けているという。

直次は夜鷹を離し、庇うように前へと出た。黒い影を睨み付け、腰に差した打刀を抜き、正眼に構える。

「お武家様、いったい何を……！」

「夜鷹殿、落ち着いてください」

背から着物を引っ張られても振り返りはしない。直次は表右筆《おもてゆうひつ》、その仕事は書類の整理が主である。思えば誰かに刃を向けるのは、これが初めてだ。

一通り道場剣術を学んでいても実戦となれば話は別。木刀にはない重さに手が震える。

それでも逃げない。たとえ相手が高位の鬼であれ、戦わず背を見せるなど武士の行いではない。

義を重んじ勇を為し、仁を忘れず礼を欠かさず。徳川に忠を尽くし、有事の際には将軍の意をもって敵を斬る刀とならん。

ただ忠を誓ったもののためにあり続けるが武家の誇りであり、そのために血の一滴までも流し切るのが武士である。さして裕福ではなく、家柄も低い。それでも三浦家が武家であるならば、忘れてはならぬ武士のあり方だと母に厳しく教えられた。

「私は武士だ。そして武士が徳川に仕えるのは、泰平《たいへい》の世を守り力なき人々を守るため」

ならばこそ、この刀には意味がある。

「刀にかけて言います。あれは、貴女の大切な人ではない」

夜鷹の雰囲気が変わった。背中からでもそれが分かった。

鬼退治を生業《なりわい》とする甚夜のように強くはない。刀を構えても、小刻みに震えてしまう。しかし、今は意地を通さねばならない。

「どうか、私を信じてください」

着物を掴んでいた手が離れ、直次は全速で突進する。

斬り合いの経験など一度もなかった。戦いになれば勝てないだろう。理解しているからこそ直次は躊躇《ためら》わなかった。

裂帛《れっぱく》の気合。振り上げた刀。眼前の敵。相手に抵抗はない。

ただ一刀をもって、戦いが始まる前に斬り伏せる。

「お、おお！」

直次は腕に力を籠め、しかし振り下すはずだった刀は途中で止まる。

黒い影が、直次の刀が触れるよりも先に、幹竹に両断されたからだ。

刃は触れてもいない。なのに何故。疑問に答える者などなく、ただ切り裂かれる黒い影を眺める。次第にあやふやな輪郭がさらに不鮮明となり、夜の闇に霧散していく。

「これは」

影の崩壊は止まらない。影は霧に、霧は霞《かすみ》に、霞は程無くして空気に変わる。直次が手を下すまでもなく、黒い影は雨に流され消えてしまった。

一瞬の安堵。しかし、すぐに緊張が走る。

黒い影の向こうに、もう一つの人影を見たからだ。

「っ！」

構え直し影に正対する。

今度は黒い塊などではなく、細身ではあるが鍛え上げられた体躯《たいく》を持った大男だ。手にした刀は、実に見事なもの。これ程の業物《わざもの》はなかなかお目に掛かれない。

前傾姿勢のまま微動だにしなかった男は、ゆっくりと体を起こしていく。

雨に打たれながらも冷や汗が流れる。

大男は顔を上げ、その鋭い眼光で直次を見据えた。

「む、直次……か？」

一気に脱力感が襲ってくる。雨に濡れた大男、それは見慣れた友人だった。

あの影が消えたせいなのだろうか、雨足は少しずつ弱まってきた。

三人はずぶ濡れになりながらも軒先へと戻り、ただ空を見上げていた。雲は流れ段々と薄くなってきている。もうしばらくすれば雨は上がるだろう。

「お武家様、案外と強かったんだね」

夜鷹は心底意外とでも言いたげだった。

「え？　いや、それは」

位置的に、夜鷹にはよく見えていなかったらしい。

本当はあの影を斬ったのは直次ではなく甚夜だ。訂正しようと思ったが、それよりも早く甚夜が口を開いた。

「確かに。あれに斬り掛かるほどの気概を見せるとは」

無表情だが、声にはどこか嬉しそうな響きがある。顛末《てんまつ》は彼自身が一番理解しているだろうに、本気で感心しているような口振りだ。

「いえ、ですから」

声を掛けると甚夜は首を横に振る。

直次が影を斬った、そういうことにしておけ。大方そんな意味なのだろう。さらに反論をしようとするも、被せるように夜鷹が言葉を発する。

「ねえ浪人」

その呼び方で、二人が既知の間柄なのだと知る。直次にはそれが意外だった。知り合ってからそれなりに時間は立つが、甚夜は堅い性格をしており、夜鷹を買うような男には思えない。どのような経緯で知り合ったのか、想像もつかなかった。

「結局、あの黒い影は鬼、だったのかい？」

二人の関係に疑問はあるが、あの影の方が今は気になる。

あれが何者だったのか、何が起こったのか。直次もまた黙って甚夜の返答を待った。

「あれは鬼になりきれなかった未練だ」

相変わらずの仏頂面、けれどほんの僅か目は細められる。

「だから定形を持たず、傍から見ればどんな姿にも成り得る。元が元だ、他者の未練とも相性が良かったのだろう」

無から生ずる鬼とは、肉を持った想念。しかしあの影は、鬼になるほどの密度はなく、けれど霧散していくには濃すぎた負の感情だという。憎しみや悪意ではない。強いて言うならば誰かの、おそらくは死者の未練。それがどういう訳か寄り集まり、一つの怪異となってしまった。

「かつて失ったものか、今もこだわるものか。見る者が未練を残した誰かに姿を変える、それだけの存在だ。なんの力も持たず、鬼にさえならず怪異を引き起こす想いなぞ、さすがに初めてだな」

まるで鏡のように、その者の未練を映し出す怪異。

直次には、あの影が兄に見えた。そこに捨てきれぬ未練があったからだ。

それでも兄に関しては、既に決着はついている。だから近付けば、ただの影に変わった。

「未練、ねぇ。全部捨ててきたつもりだったんだけどね」

直次は夜鷹の過去を知らない。彼女が影に誰を重ね、何を見たのかなど分かるはずもない。

当然だ。彼女が澄ました顔の下でどんな思いを抱いているかは、彼女にしか理解できないのだ。

「それでも、捨てられぬものはあるさ」

甚夜にもまた、そういうものがあったのだろう。

表情は変わらず、声も平坦。全く感情の乗らない言葉が、逆に痛みを強く感じさせた。

「なら、浪人。あんたは、雨の向こうに何を見たんだい？」

消えた影が立っていた場所をなおも眺め続ける夜鷹は、投げ捨てるようにそう言った。

甚夜は虚を突かれたように立ち尽くす。相変わらずの仏頂面で、内心は読み取れない。

「昔は、一太刀も入れられなかった」

自嘲するような、落とすような、静かな笑みだった。

「毎日のように木刀を振り回して、簡単にあしらわれて。……なのに斬れてしまった。多分、それを寂しいと思っているんだろうな」

直次は甚夜の過去を知らない。だから、彼が何を言っているのかは分からない。結局はそういうもの。それは、どうしようもないことだった。

「へえ……。ま、詳しくは聞かないよ」

「助かる」

「だろう？　あたしに下世話な趣味はないんだ」

以前の意趣返しなのか、夜鷹が横目で直次を盗み見る。はは、と乾いた笑みを浮かべるしかなかった。

そうして、また空を見上げた。

雨はいつの間にか止んで、灰色の曇の切れ間から、青白い月が顔を覗かせる。静けさに染まる夜がようやく戻ってきた。

「さてと」

雨上がりの夜空を眺めながら、夜鷹は軽やかな足取りで軒下から離れる。

「もう、行かれるのですか」

「ああ、今日は仕事をする気にはなれないからね。帰ってとっとと寝るよ」

彼女は夜鷹。だから男と閨《ねや》を共にしなければ生活さえままならぬと知っている。十分に理解しながら、それでも胸には言い様のない感覚が去来し、直次は口を噤《つぐ》んだ。

それが面白かったのか。夜鷹は見透かしたように笑い、

「じゃあね浪人、それに……直次様」

どこか弾んだ声を残して、夜に消えていった。

直次と夜鷹の出会いには、偶然が重なり関わり合うこととなった。

しかし、そこから先の話を甚夜は知らない。

二人がどうなるのか、その結末は知っていても、彼等がいったいどんな道筋を辿ったのかは分からない。それはあくまでも夜鷹と武士の恋の話であり、憎悪に駆られ鬼を討つ男の物語から見れば余談でしかないのだ。

故に、『雨夜鷹』は彼の知らぬところで始まり、知らぬ間に終わる。

どこまで行っても、人は自分に見えるものしか見ることができないのだろう。

◆

「みやかちゃん、みやかちゃんってば」

ゆらゆらと揺れている。

耳元で聞こえる優しい声。くすぐったくて、でも気持ち良くて、もう少しだけこのままでいたいと思ってしまう。

「もう、劇終わっちゃったよー」

私はしばらくまどろんでいて、けれどひときわ大きく揺さ振られて、驚きに目を覚ました。

「あ、起きた?」

「……かお、る?　あれ、私、眠ってた?」

「うん、ぐっすり」

にっこりと笑ってるけど、物凄い勢いで体を揺さぶっていたのは間違いなく薫だ。いくら起こす為とはいえ乱暴じゃないだろうか。

「って、劇は？」

「もうとっくに終わったよ」

「あぁ……そう」

やってしまった。

周りを見れば、生徒は席を立ち上がってホールから出て行こうとしている。劇の終わりにも気付かないなんて、どうやら本当にぐっすり眠ってしまっていたようだ。

「どうしよ……」

芸術鑑賞会の後には、劇の内容や感想をレポートにして提出しないといけない。ほとんど見ていないのに、どうやって書けばいいんだろう。

「大丈夫、いつも勉強見てもらってるし、今日は私がちょっと手伝うね」

「……ありがと、薫」

幼い顔立ちの薫が、救いの女神さまに見えた瞬間だった。

学校に戻ってからは、感想を書くために自習の時間が与えられた。

教室はざわざわと騒がしい。先生がいないから、書き終えると皆めいめい勝手に話をしている。

私はというと薫の席まで行って、見てもいない劇の感想を書くために四苦八苦していた。

「こんな感じでいい？」

「うん、それくらいならいけると思うよ」

何とか体裁を整え、ほっと一息。他のクラスメイトに倣《なら》って、自習の終わりまで話をすることにした。

「でも、勿体なかったね、みやかちゃん。劇、面白かったよ」

無邪気に笑う親友。『雨夜鷹』は薫の趣味に合ったらしく、とても楽しそうだった。

私は、そんなに興味がないので勿体ないとは思わない。けれど感想を言い合ったりできないのは、少しだけ残念だ。

「ね、結構面白かったよねー」

そう言いながら薫が隣の男子にも声を掛ける。

中学時代は特に親しい男子はいなかったけれど、高校生になって、なんだかんだと喋れる相手ができた。その中でも一番親しくしているのが彼。目つきが鋭く若干強面だけど案外穏やかで、まだ感想を書き終えてなくても、薫に向き直りきちんと対応する。

「ああ、朝が……梓屋」

「そろそろちゃんと名前覚えてよ……」

薫は不満そう、というか若干落ち込み気味になる。

件の彼は薫に対して優しい、というか妙に甘いのだが、その理由は古い知人に似ているからだそうだ。そのせいか、未だに時々名前を呼び間違える。そんなに似ている相手というのは、興味を惹かれないでもなかった。

「いや、すまん。覚えていない訳ではないんだが。どうも、な」

「そんなに私と似てたの？」

「ああ、よく似ているよ。彼女は、まるで天女のようだった」

「もう、またそういうこと言うー」

正直、天女と呼ぶ感性は今一つ分からない。人並み以上の容姿をしているとは思うが、薫は綺麗より可愛いタイプ。天女という表現は今一つしっくりこない。それはそれとして、この二人、席が隣同士のせいか結構仲が良い。意外と気安い調子で雑談を交わしていた。

「なんだかなぁ。でも、そんなに面白かったの？」

聞いても答えてくれなそうだし、彼に劇の話を聞いてみた。

最初は興味なかったけれど、そんなに面白い面白いと言われるとさすがに気になってくる。

「それなりに興味深くはあった。……直次の友人である浪人が、ことごとく無能に描かれている点は解《げ》せんがな」

そう言えば、彼の名前は直次の友人と同じだった。

自分と同じ名前を持つキャラの扱いが悪いのに文句があるのだろう。普段表情が変わらず冷静な彼の子供っぽいところは、やっぱり同年代なんだと思えて、なんか妙に安心する。

「助けに来たのに、結局、鬼を倒したのは直次だったしねー」

「うむ。夜鷹の手記には悪意を感じる」

「あはは、言い過ぎだよ。夜鷹は直次のことが好きなんだから、どうしてもそうなっちゃうんじゃないかなぁ、きっと」

無邪気な薫とは裏腹に、彼は腕を組んで憮然とした表情をしていた。

やはり納得はいっていない様子。正直、珍しいと思う。劇にこれほどのめり込むようなタイプには見えなかったのだけど。

「あ、でも、あそこは良かったと思うよ？　直次の家での稽古のシーン」

両の手を胸の前で合わせ、薫はにっこりと満面の笑み。

その時はちょっとだけ起きてたから分かる。確か、武士と浪人が庭で稽古をしていて、武士の妻となった夜鷹と浪人の娘がそれを眺めているシーン……だったと思う。寝ぼけていてあんまり見ていなかったから、話に加われるほどじゃないけど。

「ああ……そう、だな」

彼も同意見だったのだろう。思い出すように一瞬だけ目を伏せ、薫に軽く落とすような穏やかな笑みを返す。

「ねえ、それってどんなの？」

二人だけで仲良く話をされて、少しだけ疎外感。取り敢えず口を挟んでみると、薫はふんわりと柔らかく笑って答えてくれた。

「あのね、夜鷹が、浪人の正体が鬼だって気付いているのに、知らないふりをして慰めるとこ」

遠い昔に起こった雨の夜の怪異は、誰もが自分の視点でしか捉えられず、その本質が見えないまま終わってしまった。

けれど忘れてはいけない。

「見えない」と「無い」は同義ではない。

誰に見えなくとも、それは確かにある。だからいつかは気付くこともあるだろう。

かつては見えなかったものに。そこに隠れた、小さな小さな優しさに。


「夜鷹にはやられたよ……そんな素振り見せもしなかったくせにな」

そんなにいいシーンだったんだろうか、感慨深げに溜息を吐く彼の反応になんだか興味が湧いてきてしまった。

「ほんと、あの役者さん、演技上手かったねー」

二人は演劇の話で盛り上がっている。

居眠りしてしまった自分が悪いのだけど、取り残されてしまって、なんかちょっとだけ寂しい。

「……ＤＶＤとかレンタルしてないかな」

「え？　あ、そっか。みやかちゃん途中で寝ちゃったもんね」

「うん、ちょっと見直そうかなって」

「ＤＶＤは分からないけど、文庫本にはなってるみたいだよ」

文庫本か。今度本屋でも探してみようかな。

ああ、いや。うちの高校図書室は広いし、もしかしたら置いてあるかもしれない。

まずはそっちに行ってみようと、こくんと私は一人頷く。

「ふむ。なら私も探してみるか。本当は夜鷹の手記が読めればいいのだが」

「そっちの方が興味あるの？」

「ああ、特に浪人の扱いに関しては」

薫の疑問に彼は重々しく頷いて見せる。

意外と大人げない……というか、なんか夜鷹に恨みでもあるんだろうか？

でも、あんまりにも真面目な顔で言うものだから、私は思わず吹き出してしまった。つられたように薫もくすくすと笑っている。それでも憮然とした表情を崩さない彼がおかしくて、私達はさらに笑った。

教室の窓からは五月の風が流れてくる。緑の香りをまとった風が心地好い、抜けるような晴れの日のことだった。

◆

「じゃあね、浪人。それに……直次様」

虚を突かれた直次は、金縛りにでもあったように固まっていた。

今まで頑《かたく》なに名を呼ぼうとしなかった夜鷹が、最後に名を呼んだ。

もしかしたらという期待とただの気まぐれではという疑念。結局、答えは出なかったようで、直次は甚夜に助けを求める。

「……あれは、どういう意図だったのでしょう」

「さて、な。少しは希望があるということじゃないか？」

落とすような笑み、気楽な答え。生真面目な直次の狼狽振りがおもしろくて、甚夜は口の端を吊り上げる。

「そ、そうでしょうか」

「多分だが。しかしまあ」

やはり、いやまさか。二つの思考の間で行ったり来たりしている直次は放置し、夜鷹が去っていった方をちらりと見て、優しく息を吐く。

「本当に、妙な女だ」

人の知ることのできる範囲には限りがある。

いつかはその優しさに気付く日が来るとしても、しばらく甚夜の夜鷹への印象は変わりそうもなかった。

残雪酔夢

1

今も、雪が、止むことはなく。


安政三年（1856年）・冬。

一片、一片、音もなく降る雪。

緩やかに咲く雪花の夜。飛び散った血は妙に赤々としていた。

ここは埃臭い屋敷の一室。

巣食っていた最後の鬼を葬り、血払い、ゆるりと刀を鞘《さや》に収める。既に鬼は蒸気となり掻き消え、甚夜は死骸があった場所を無言で見つめていた。

金のため、同胞を当たり前のように斬り捨てる。思えば随分と慣れたものだ。躊躇《ためら》いも後悔もありはしない。昔は鬼を斬る度に何か感じていたような気もするが、今となっては思い出せず、ただ結果だけがそこに転がっている。

変わらないものなんてない、昔、誰かが言った。

強くなりたかった。斬ることに疑いを持たない己でありたかった。なのに、こうやって鬼を斬り捨てる度、刃が血で曇るように心のどこかが淀んでいく。あるいは、捨て切れなかった心まで鬼に近付いているのかもしれない。迷いなく振るえる刀を欲したくせに、いざそうなれば戸惑う自身が無様に思えて、甚夜は小さく溜息を吐いた。

だとしても生き方は曲げられぬ。

過《よぎ》る感情を押し殺すように、彼は部屋を後にした。

振り返りは、しなかった。


夜半、雪は強くなった。

「ありがとうございます……これは、少ないですが」

降りしきる雪の中、門の前で待っていたのは、白髪交じりの髪が目立つ初老の男だった。この屋敷に仕えていたという男は、綺麗に折り畳まれた布を手渡す。

おそらく銭が入っているのだろう。中身を確認せず懐に仕舞いこむ。あまり重くなかったからだ。

江戸城の西側に位置するこの武家屋敷の主は、数日前突如として失踪したらしい。

主も他の住人も姿を消し、入れ替わるように現れた十を超える鬼。初老の男は命からがら逃げ出し、鬼を狩る男がいるという噂を頼りに甚夜の元へと辿り着いた。

主を殺した鬼を討ってくれ。それだけが男の願いだった。

「主様は雪月花を肴に酒を呑むお方でした。墓を造り、好きだった酒でも墓前に供えれば、喜んでくださるでしょう」

今は亡き主を思い出したのだろう。寂しげな語り口が冬の空気を震わせる。

ひゅう、と吹いた風が頬に痛い。

男は肩に積もる雪を軽く落とし、ぎこちなく頭を下げた。

「では、失礼します。本当にお世話になりました」

曇天の下、ゆっくりとした足取りで去っていく。

貴方はこれからどうなされるのですか。

背中に問い掛けようと思い、途中で止めた。全てを失った初老の男。その道行きがどうなるのかなど、誰にも、本人にさえ分からない。だから問う意味はない。

誰もいなくなった屋敷を眺める。

もはや朽ち果てていくだけの場所は、ひどく寂しそうに見えた。

そうして男の影は見えなくなり、夜には灰色の雪だけが残された。

雪夜は続く。しんしんと、音も匂いも静かに消して。

前の晩の立ち回りでの疲労もあり、目が覚めた時には、部屋に差し込む光は昼のそれとなっていた。

甚夜が住むのは深川の外れにある貧乏長屋で、壁も薄く生活の音は筒抜け、お世辞にも立派とは言えない。もっともほとんど寝に帰るだけ、屋根があって風が吹き込まなければ十分だった。老いぬ容姿に違和を持たれぬよう、江戸に来てから既に住居を幾度も変えている。この長屋もそれなりに長くなった、そろそろ新しいところを探しておかなくてはいけない。

「おとっつぁん、お酒は控えないと」

「まあいいじゃねぇか、たまの休みなんだ。お前も呑めよ」

こぢんまりとした部屋を出て喜兵衛へ向かおうとすれば、豪快な笑い声が聞こえてくる。隣に住む親娘の会話だ。どうやら父親は昼間から酒を呑んでいるらしい。窘《たしな》めようとする娘の口調は優しく、声だけで仲のいい親子だと分かる。

他人事でもそれは心地好く、冬の寒さも僅かながらに和らいだような気がした。

「寒くなりましたねぇ」

昨夜の雪は積もらずに溶けて消えた。それでも肌が突っ張るほどに冬の空気は冷たく、ほう、と吐いたおふうの息は白い。かじかんだ手を擦り合わせる彼女の仕種に、今更ではあるが冬の訪れを強く意識した。

「すみません、手伝ってもらってしまって」

甚夜とおふうは買い出しを終え、帰路に就いたところだった。

手には二本の酒瓶、右腕には白菜などの野菜。それぞれ風呂敷に包んだものを抱えている。荷物は全て甚夜が持っており、手ぶらで歩くおふうは申し訳なさそうに頭を小さく下げた。

「いや、構わん」

元々、今日はおふうの手伝いをする為に喜兵衛を訪れた。というのも、今晩はちょっとした祝い事があり、彼女は準備に忙しい。ならば男手が必要だろうと甚夜の方から申し出たのだ。

「重くありませんか?」

「まさかだろう」

「それはそうなんですが」

人の姿をしていようと正体は鬼、この程度の荷物を重いと思うはずがない。分かっているだろうに、聞いてしまう辺りが彼女らしい。

「あまり気にするな。私とて祝ってやりたい気持ちはあるんだ」

「あ……」

大したことはできないが、祝いの準備を多少なりとも手伝えるのは、正直なところ悪い気分ではない。

それが意外だったらしく、おふうは呆けたように口を開いて驚く。気恥ずかしくて咳ばらいを一つすれば、彼女はたおやかに微笑んだ。

「はい、そうですね」

深く追及はせず、ただ静かに頷く。それが彼女の優しさだろう。

向けられる視線は巣立つ雛鳥《ひなどり》を見るようで、得も言われぬくすぐったさがあった。

「で、他にもあるのか」

「いいえ、食材もお酒も買いましたし、もう大丈夫です」

「なら帰るか」

「ええ」

おふうと二人で歩く時は、自然と少しだけゆっくりになる。目の端に映った花に足を止め、これは何の花だとかこんな説話があるだのと話すのが常だった。

今は冬、花はほとんど見当たらず、しかしいつもの癖でのんびりと二人は歩く。それが心地好い。心地好いと思える程度には、余裕があった。

「あれ、あそこ」

帰路の途中、通りに人だかりを見つけ、おふうは不思議そうに声を上げた。

「なにか、賑わっているみたいですけど」

ざっと見ただけでも町人に武士、男と女、様々な人が集まっている。皆、酒屋の前に列をなし、店が開くのを今か今かと待ち望んでいるようだ。この酒屋の前を通るのは初めてではないが、これほどの騒ぎは今まで見たことが無い。

奇妙に思い眺めていると、店から痩せた小男が出てきた。おそらくは酒屋の店主なのだろう。彼が姿を現したため、人々は少しだけ落ち着きを取り戻す。

「さあさあ、皆々様お待たせいたしました！　ゆきのなごり、入荷いたしました！」

小男が貧相な外見とは裏腹によく通る声で叫べば、ざわめきが更に大きくなった。

余程の銘酒なのか、沸く歓声は尋常ではない。反応に気を良くした男の語り口は自負心で満ち満ちていた。

「一口呑めば心を奪われ、一合呑めば天にも昇り、一升呑めば戻ってこられず……なんてことは御座いませんが、ゆきのなごり。どうぞこの機会にご賞味あれ！」

それを皮切りに、雪崩れ込むような勢いで酒屋に人が詰め寄せた。あまりの興奮に誰も彼も周りが見えておらず、男も女もなく乱闘のような形で件《くだん》の酒を求める。

「三本だ！　三本くれ！」

「こっちもだ！」

銭を握り締め、我先にと押し合いへし合い。酒を手にいれようと躍起になっている。混雑に土煙が巻き上がり、響く怒号は喧嘩と聞き紛うほどの勢いである。熱狂する人の群れに、おふうは唖然としていた。

「すごい盛況ですねぇ」

ゆきのなごり。聞いたことのない酒だが、あの様子を見るに相当人気のある品のようだ。甚夜もそれなりに酒を嗜む。ああまで人を狂わせる銘酒に、興味が無いと言えば嘘になる。

「折角ですし、私達も行きます？」

「いや、興味はあるが……さすがにこれではな」

両手は荷物で塞がっており、酒を買ったところで持てそうにない。

これでも鬼の端くれ、米俵の一つや二つ片手で持ち上げる程度の膂力《りょりょく》はあるが、わざわざ人間離れした真似を披露するつもりはなかった。

「そうですね。お酒は買ってありますすし、今回は止めにしましょうか」

「ああ」

試してみたいのは事実だが、あの騒ぎに首を突っ込むのは遠慮したい。多少の好奇心を振り払い、二人は再び歩き始めた。

帰れば祝いの準備がある。夜までは少しばかり忙しくなりそうだ。


「ども、失礼しますよっと」

冬の日が落ちるのは早い。僅か一刻で昼と夜が入れ替わる。辺りは暗がりに覆われており、空気は一段と冷えた。夜の寒さに体を震わせながら、風呂敷に包まれた荷物を抱えた善二が喜兵衛の暖簾を潜った。

既に甚夜と奈津は店の中にいる。店主は奥の厨房で忙しなく手を動かしていた。

「遅かったじゃない」

「すいません、お嬢さん。なんせ仕事が忙しかったもんで」

善二はにまにまと口元を緩ませている。忙しいという割に機嫌が良さそうだ。

その理由が分かっているからだろう、奈津の態度も若干ながら柔らかい。なにせ今日のことを喜んでいるのは彼女も同じだった。

「まあ、今夜はあんたが主賓なんだから別にいいけど。後は、三浦様だけね」

奈津が玄関の方を見れば、示し合わせたように暖簾がはためいた。

現れたのは糊《のり》のきいた着物をまとった生真面目そうな武士。喜兵衛の数少ない常連、三浦直次である。

「おう、直次」

「善二殿。遅くなってすみません」

「いやいや、今日は来てもらって悪いな」

武士と商人、身分の差こそあれど二人はいい友人関係を築いている。これでいつもの顔ぶれが全員揃い、店内の準備もあらかた終わった。

善二は待ちきれないといった様子で、うずうずと体を小刻みに震わせている。

「これで揃いましたね。では、始めましょうか」

おふうが音頭を取れば、視線が一斉に善二の方へ向く。

昼間に酒だの食材だのを買い求めたのは、この祝いの席のためだ。

主賓は善二。今日は彼を祝おうと喜兵衛の常連達が集まったのだ。

「いやあ、今日は俺の為に集まってくれてすまん。思えば俺が須賀屋に来たのは」

「そういうのいいから」

「お嬢さん冷たい……ま、俺もかたっ苦しいのは苦手だし、簡単にいくか」

こほん、と一度咳払い。見慣れた顔ぶれでも照れるのか、乱雑に頭をかいた善二は、一呼吸置いてから満面の笑みで言った。

「この度、わたくし善二は、須賀屋番頭を務めることに相成りました。それに際しこのような祝いの席を設けて頂けたこと、心より感謝いたします！」

固い物言いとは裏腹に、彼の目は喜びに潤んでいる。

番頭とは商家において経営のみならず、その家政（家系において営まれる事業から家事全般）にもあたる役職を指す。とどのつまりが、商家使用人における最高の地位だ。善二は普段の働きを認められ、須賀屋店主・重蔵よりその番頭に任命されたのである。

須賀屋で働き始めて十五年以上、懸命の努力が結実した。本人は勿論、なんだかんだ言いつつ真面目に働いてきた善二を知っている周囲の喜びもひとしおだ。

「おめでとうございます、善二さん」

「いや、おふうさんありがとう」

微笑みながらおふうは祝いの言葉を口にし、甚夜もそれに続く。

「おめでとう。重蔵殿をしっかり支えてやってくれ」

「おう、任せとけ。俺がもっと須賀屋をでかくしてやらぁ」

直次や奈津もそれぞれ声を掛け、ようやく店内が落ち着いた頃、店主が厨房から大きな土鍋を運んできた。

「っと、お待たせしました。どうぞ食って下せえ」

食卓の真中におかれた土鍋の中身は、ぐらぐらと煮立っている。出汁《だし》と醤油で作った割り下に、白菜やねぎなどの野菜類、そして一面には軍鶏《しゃも》の肉が陣取っていた。

「おお、軍鶏鍋！」

「こんな日まで蕎麦じゃ味気ないでしょう。ですから、ちっと奮発させてもらいやした。ま、素人芸ですがね」

「親父さん、いや、ありがてえ」

思わぬ御馳走に善二が感激していると、今度はおふうがお銚子を幾つか持ってくる。

「こちらの方もありますよ、どうぞ」

猪口《ちょこ》を渡し、徳利《とっくり》から人肌に温められた酒を注ぐ。そのあまりの透明さに善二は目を見開いた。

「下り酒じゃないか。こんないい酒、どうしたんだ？」

江戸近辺は醸造技術が発達しておらず、酒と言えばどぶろくのような濁り酒に近いものが主流だった。その為、上方の洗練された澄んだ酒は下り酒と呼ばれ、江戸では大いに持て囃《はや》された。とはいえ、そのぶん値段も非常に高く、一般庶民にはなかなか手の出ない高級品。閑古鳥が鳴いている蕎麦屋に常備されているような酒ではなかった。

「甚夜君が用意してくださったんですよ」

「……まあ、せっかくの祝い酒だからな」

祝いの席ならば相応の酒が必要だと、甚夜が買ってきた品だった。

仏頂面で杯を傾ける。善二と目を合わせないのは、どうにも気恥ずかしいからだ。それが透けて見えるのか、店内には小さな笑いが湧き上がった。

「泣かせる真似してくれるなぁ。ありがたく頂くよ。さ、冷めないうちに皆も食おう」

各々鍋をつつき、酒を呷《あお》り、小さな宴席を楽しんだ。

専門ではないといっていた軍鶏鍋だが味はなかなか、皆喜んで頬張っている。店主を除く男三人は食べるよりも呑む方がいいので、けっこうな速度で酒を消費していった。

「つかあ、うめえ。うわばみの甚夜が選んだ酒だけあるな」

「一応、褒められていると思っておこう」

「一応も何も褒めてるんだよ」

とてもそうとは思えないが、いい加減長い付き合いだ、善二の言葉選びの下手さは十二分に理解している。

さらりと受け流し甚夜もまた酒を呷る。

喉を通る熱が心地好い。久しぶりに旨いと感じる酒だった。

「お嬢さんらは呑まないんで？」

「私はいいわ」

「すみません、私もちょっと。ささ、善二さん、もう一杯どうぞ」

女性陣は酒が苦手らしく、軍鶏鍋をつつきながら茶を啜《すす》っている。主賓が手酌では格好がつかないと、断る代わりにおふうは次の一杯を注いだ。

「こいつはすいません。親父さんは？」

「俺ももう歳なもんで。昔ほどは呑めませんよ」

「何言ってんですか、まだまだ若いですって……おっと、そういや忘れてた」

宴もたけなわという所で、善二は自分が持ってきた手荷物の方に向かう。

風呂敷に包まれたそれをどんと卓の上に置けば、奈津が不思議そうに目を向けた。

「善二、なにこれ？」

「ああいや、俺も酒を持ってきてたのを忘れてたんですよ」

風呂敷を取り去って、陶器の瓶を二つ取り出す。

五合程度の立派な瓶だ。これもまた、けっこうな高級品なのだろう。

興味の視線が集まる中、善二は鼻歌交じりに酒の封を開ける。

「最近巷で話題の酒なんだが、旦那様が毎晩、旨い旨いって呑んでるから気になって買ってみたんだ。今日はみんなで呑もうと思ってな」

「ゆきのなごりか」

「お、甚夜は知ってたか」

知ったのは今日だが、あの熱狂ぶりから興味はあった。それに裕福な商家の主が毎晩のように呑む酒だというのなら、味の方も期待ができる。

「こいつは冷やで呑むのが一番だって旦那様が言ってたからな。すんませんおふうさん、杯ありますか？」

「はーい」

ぱたぱたと奥へと向かい、先程の猪口よりも幅広の杯を三つばかり持って戻ってくる。

早速味を確かめようとした善二がおもむろに酒瓶へ手を伸ばし、しかし触れることなく空を切った。

「お、お嬢さん？」

先に酒瓶を手にして、奈津はゆったりと杯に酒を注ぐ。

彼女は重蔵の一人娘。当然ながら酌をしてもらう機会など、今迄で一度もなかったのだろう。

善二はあまりの意外さに呆けた顔をしていた。

「祝いの席なんだし、たまにはね」

照れはあっても、そっぽを向いたりはせず、小さく微笑む。小さな頃を知っている分、余計に胸に迫るものがあるようで、善二は感極まり目を潤ませていた。

「おおぉ、まさかお嬢さんの酌で酒を呑める日が来るなんざ。長生きはするもんだなぁ」

「そんな歳じゃないでしょ」

「気分ですって、気分。いや、あんな生意気だったお嬢さんが……なんか感慨深いんですよ」

「……今夜は聞き流しといてあげる」

「あ、はい。すいません」

女童は確かに成長したものの、どこまで行っても二人の力関係は変わらないようである。それも悪くないと思うのはお互い同じらしい。やりとりを終えれば自然と笑い合った。

なみなみと注がれた杯。善二は愛おしそうに、そっと口を付ける。一気に酒を呷り、そのままむせて、思い切り口から吐き出した。

「ちょっと汚いわね、何してるのよ！」

自分が注いだ酒を吐き出され若干苛立ったのか、奈津はほとんど睨み付けるような表情だ。けれど善二はそれを気にする余裕などなさそうで、ごほごほと苦しそうに咽《むせ》こんでいる。

「な、んだこら。辛くて臭くてきつくて呑めたもんじゃねえよ」

巷で有名な酒、重蔵のお気に入り。味は期待できるはずだった。しかし実際には決して旨い酒ではなかったようで、善二は飲み込むことさえできなかった。

気になったのか、直次も手酌で酒を注ぎ少し口に含む。

「ぐっ、これは」

抱いた感想は善二と似たり寄ったりらしく、目を細め、痛みに耐えるような顔をしている。

「確かにこれは強い。吐くほどではありませんが、正直美味しいとも思えません」

直次は顔を顰《しか》め、乱暴に杯を卓へ置いた。初めの一杯はどうにか呑み切ったが、次には手が出ない。彼にしては珍しく、口振りといい、表情といい、不満がありありと見て取れる。

「まったく、嫌な気分にさせてくれましたね」

「い、いや、それを俺に言われてもよ。そうだ、お前も呑んでみろ」

普段温和な直次の辛辣な物言いにたじろいだ善二が、やけになって、むりやり甚夜に杯を押し付けた。

二人の反応は芳しくないが、昼間あれ程の熱狂を誇った酒だ。そこまでまずいことはないだろうと、確かめる意味でも杯に口を付ける。

「む……」

辛くはない、どころか味がほとんどない。喉を通る熱さも全く感じられなかった。

以前、〈隠行〉の能力を持った鬼の茂助《もすけ》と水で薄めた酒をよく呑んだものだが、それよりもさらに薄い。ほんのりと香りがするだけで、ほぼ水と言っていいくらいだ。ただ、風味自体は悪くない。どこか懐かしい、素朴な酒だった。

「まずくはない。が、薄いな」

「……これを薄いとか、このうわばみが」

返ってきた視線は実に冷たい。善二も直次も信じられないとでも言いたげである。

確かに二人よりは酒に強いが、味覚に大きな違いはないはず。これほど薄い酒を辛くて呑めないなど、甚夜には二人の反応こそ信じられなかった。

「あぁ、おふうさんも呑んでみます？」

「え、ええと。私はお酒が苦手ですので」

「自分が吐きだしたようなものを勧めないでよ。というかそれ、ほんとに話題の酒なの？」

「間違いないですって。実際、旦那様は旨い酒だって言って毎晩呑んでるし」

せっかく買ってきた高級酒は残り、先程まで騒がしかった店内も静まり返ってしまい、居た堪《たま》れない様子で善二はぼやく。

「なんか、最後の最後にしらけちまったな」

「まったくです」

「直次、そう怒んなよ。あーあ、これ旦那様にでも差し上げるか。高かったのになぁ」

がっくりと肩を落とし項垂《うなだ》れる。

楽しいはずの祝いの席は、暗い雰囲気のまま終わってしまった。

無言で片付けが始まる中、甚夜は残されたゆきのなごりをもう一口だけ呑んだ。

「薄い……」

旨くはない。けれど懐かしく、馴染むような味がした。

2

「おとっつあん、もう少しお酒控えた方がいいんじゃ」

「うるせえなあ。いいじゃねえか、こんぐらい」

翌日、黄昏《たそがれ》が夜に変わる頃、甚夜は長屋を出た。

隣の親娘の会話が聞こえる。相変わらず父親の方は酒が好きらしく、娘に窘《たしな》められても止めようとはしない。それどころか体を気遣っての言葉さえ鬱陶《うっとう》しそうに聞き流していた。

一杯は人酒を飲む、二杯は酒酒を飲む、三杯は酒人を飲むという。程々に楽しめばいいものを、量にはかりを付けられないのが酒である。

親娘の言い争いを通り過ぎ、夜の喧騒に満ちた大通りを抜け、神田川が隅田川へ流入する落口《おちぐち》に架けられた、柳橋へと辿り着く。

目を凝らせば、橋の中腹辺りに人影を見る。相手もこちらを見つけたようで、気怠げに笑ってみせた。

「ああ、浪人」

夜鷹と名乗る彼女は、相も変わらず夜鷹としてあり続ける。直次はそれを快く思っていないのだが、無理には止められないと悔しそうな顔をしていた。

だからという訳でもないが、近頃は夜鷹から頻繁に情報を買っている。払う銭に色が付いたのは、おそらく気のせいだろう。

「今晩は、よく冷え込むねぇ」

「仕事を探しているのか。なにかあるか」

綾のあるやりとりをするつもりはなく、いの一番に本題を切り出せば、夜鷹は小さな溜息を零《こぼ》す。

「おやおや、世間話に付き合ってくれてもいいじゃないか」

彼女のしなやかな指が冬の空気にそっと線を引く。普段でも白い肌は、寒さのせいか、いつもよりさらに青白く見えた。

「む、すまん」

「別にいいさ。仕事だろう？　いくらでもあるよ」

ゆるやかな微笑みは、男を誘う妖しいものというより、まるで子供の相手をしているかのようだ。以前と変わらないはずの仕種。なのに、どこか余裕が出たようにも思う。

彼女の変化の意味は、よく分からない。直次と接してなにか考えるところでもあったのだろう、その程度だ。男女の仲を無遠慮に聞くのも憚《はばか》られる。だから彼女を深く知ることはせず、結局、甚夜にとって夜鷹は妙な女でしかなかった。

「なんか最近鬼の噂が多くてね。家で寝ていた病気の息子が鬼に取って代わられた。橋の下に数匹の鬼が屯《たむろ》っていた。喋る刀があった。後は……金の髪をした美しい鬼女が、夜の町を練り歩いていた。所詮寝物語、どれだけ信用できるかは分からない。でも、さすがに多すぎると思わないかい？」

それは甚夜も感じていたことだ。先日の武家屋敷もそうだったが、近頃は妙に思えるくらい鬼と出くわす。一度に十を超える鬼が現れるなど今迄は滅多になかった。

「まあ、それだけ不安なのかもしれないけどね。あんたも聞いたことくらいあるだろ、浦賀の話」

「ああ……」

今から三年前、嘉永《かえい》六年（１８５３年）のことである。

アメリカのマシュー・ペリーが率いる四隻の黒船が浦賀に来航した。蒸気船の存在は諸外国の国力を知らしめる結果となり、江戸の民衆に大きな衝撃を与えた。また、この時アメリカ合衆国大統領国書が幕府に渡され、翌年には日米和親条約締結へと至る。長年鎖国政策を強いてきた幕府がアメリカに開国を迫られ大人しく従う姿は、多くの者にとって頼りなく映っただろう。

「お上がそんななんだ、町人が不安になるのも当然じゃないか」

「そして、人心が乱れれば魔は跋扈《ばっこ》する、か」

人の心が鬼を生むというならば、魍魎《もうりょう》どもが蠢《うごめ》く江戸の現状は、渦巻く疑念と不安の表れなのかもしれない。

「そういうことだろうね。最近聞く話といったら、お上への不満か鬼の噂、あとは酒くらいのもんさ」

「酒？」

「あぁ、最近流行の酒があってね。値段は高いみたいだけど、それを買ったって自慢げに話す男もいたよ。確か、ゆきのなごり、とかいう」

ぴくりと眉が吊り上がる。

また、ゆきのなごり。酒屋での盛況を見たのだ、確かにあの酒は巷を賑わせているのだろう。しかし実際に呑んだ今、あれ程までに大衆が求めるようなものとは思えない。なのに、ゆきのなごりは事実として江戸の人々に受け入れられている。あの酒の存在はひどく奇妙に思えた。

「味については何か言っていなかったか」

「味、かい？　そうだねぇ、天にも昇る極上の酒だ、とは言ってたけど」

あの薄い酒をか。言おうとして、止めた。薄いと感じたのは自分だけだった。

甚夜にとってあの酒は薄かった。善二には辛くて飲めなかった。直次は美味しいとは思えないと言っていた。重蔵は毎晩旨い旨いと呑んでいるらしい。そして、夜鷹の話では、極上の酒と語る者もいる。

おかしい。酒の好みはあるだろうが、嗜好云々でここまで味が変わろうはずもない。ゆきのなごりは、まるで呑む者によって味を変えているかのようだ。

「夜鷹、頼みたいことがある」

あの酒には何かがある。思った時には口が動いていた。

「鬼の噂と並行して、ゆきのなごりについて調べて欲しい。味の良し悪し、売られている店、そもそもどこで作られているのか。何でもいい」

「なにかあるのかい？」

「私にも分からん。何も無ければそれでいい」

「ま、世話になってるしね。それくらいなら構わないよ」

素朴で懐かしいが、やけに薄い酒。こうまで引っかかるのは何故か。理由は甚夜自身にも理解できなかった。

「助かる。だが、無茶はしてくれるな。お前に何かあったら直次に恨まれる」

「ははっ、あんたでも冗談を言うんだね」

冗談のつもりでもなかったのだが、夜鷹は軽く笑い飛ばす。目には濡れた情の色があって、彼女もまんざらではないのだと感じられる。

ひとしきり笑った後、不意に夜鷹は空を見上げた。

「ああ、どうりで寒い訳だよ」

黒の空からひらりひらりひとひら。

静かに揺れる雪の花。

ゆらりゆらりと雪の欠片が降り始めていた。

「雪か」

「もうすっかり冬だね。ああ、仕事の話、途中になったけど、どうする？」

興が削《そ》がれた。曇ったままの胸中で戦いに臨んでも、良い結果は得られないだろう。無言で首を横に振り、否定の意を示す。

「そうかい？　ならこれで。じゃあね、浪人」

夜鷹は挨拶もそこそこに夜の闇へと消えていく。

辺りを見回せど人影はない。匂いのない夜に少しだけ足を止め、誘われるように空を仰ぐ。

今も、雪が、止むことはなく。

風の冷たさに甚夜は小さく肩を震わせた。


数日後。

そろそろ出かけようと思っていた時に訪ねてきた、突然の来客。その意外さに、甚夜は面食らうことになった。

「……奈津？」

住処にまで来るのは初めてで、一瞬思考が止まってしまう。

貧乏長屋には似合わぬ品のいい女が、きょろきょろと周囲を見回している。奈津はそれなりに裕福な商家の娘、長屋住まいが珍しいのだろう。もっとも寝に帰るだけの、無味乾燥な部屋だ。すぐに興味を失ったようだった。

「おはよう、って言ってももう昼だけど」

「ん、ああ。よくここが分かったな」

「おふうさんに教えて貰ったの。あんた、こんな所に住んでたのね」

長屋は喜兵衛からそう遠くない場所にある。

教えてくれてもいいだろうに、と奈津の視線には軽い非難の色があった。

「お父さん、もういい加減にしてよ！」

「うるせえ！　とっとと酒買って来いっつってんだろうが！」

急に聞こえてきた怒号に、奈津がびくりと体を震わせる。

他家の騒音で目を覚ますなど長屋では毎度だが、いいとこの出である彼女は驚きに目を白黒させていた。

「な、なに？　今の」

「隣の親娘だな。また昼間から酒を呑んでいるようだ」

相変わらずと言えば相変わらず、しかし今日の喧嘩はかなり激しいようだ。怒鳴り合いは今も続いており、奈津は若干怯えた様子で身を縮こまらせていた。

「で、何の用だ？　まさか興味本位で来た訳でもあるまい」

「そ、そうね。実は、ちょっと頼みたいことがあるんだけど」

甚夜の声にはっとなり、奈津は態度を改めたが、すぐにばつが悪そうに俯いてしまう。頼りなく潤む瞳は、まだ幼かった頃の彼女を思い起こさせた。

とりあえず部屋に入れ、詳しい話を聞く。

事情を話すあいだ奈津はずっと俯いたままで、目も合わせてくれなかった。

「……善二が？」

「ええ。最近呑み歩いてばかりで、まともに仕事もしないのよ。今日も日本橋の煮売り酒屋に入り浸って……」

彼女の頼みとは、善二の素行について。

つい先日、彼は番頭を命じられ、甚夜も祝いの席に参加した。だというのに、翌日から善二は仕事もせずに酒を呑み、毎夜、時には昼間から遊び歩いているとのことだ。

番頭となった矢先にこれである。さすがにそろそろ見過ごせないと須賀屋の主人である重蔵も言い出し、処罰も十分にあり得るところまで来てしまった。そうなる前に善二を説得したいというのが奈津の考えである。

「それで？　何故私が呼ばれる」

「一応、私も女だしね。呑み屋に一人で乗り込むのは正直怖いもの。その点、あんたが護衛ならちんぴらの百や二百くらい平気でしょ？」

昼間から煮売り酒屋に入り浸っているような輩だ、当然ながら素行の悪い者も多い。気心も知れており、甚夜ならば護衛にはうってつけ、という判断だろう。

「お願い、なんならお金も払うから」

頭を下げた奈津の肩は、善二を心配してか微かに震えている。

甚夜が戦うのは力を得る為。その観点から言えば彼女の依頼を受け入れる意味はない。だが、真摯な懇願を切り捨てられるほど冷たくもなれない。甚夜はゆっくりと首を縦に振った。

「金はいらない。私でよければ付き合おう」

付き合いも長いのだ、この程度はいいだろう。

「……ありがと」

感謝の言葉と共に見せてくれたのは素直な笑顔。

今回はそれが報酬代わりとしておこう。甚夜は小さく頷き返し、おもむろに立ち上がる。

ただ、彼女の依頼を受けたのは善意ばかりではない。

また、酒。近頃、巷は酒の匂いが強すぎた。


訪れた日本橋の煮売り酒屋はそれなりに広く、昼間だというのに二十人近い客が入っていた。充満した酒の匂いに、奈津が嫌そうな顔をした。口元を隠しながら店内を見回し、目的の人物を見つけ奥へと入っていく。

「おおぅ、お嬢さぁん。いらっしゃい！　こんな場所に何かごよぉですかぁ」

店にいた善二が大声で叫んだかと思えば、悪びれもせず杯を傾ける。

腰を落ち着けてからかなりの時間が経っているのか、卓の上には空の徳利《とっくり》や酒瓶がいくつも転がっていた。ゆきのなごり。酒瓶にはそう記されていた。

「何か、じゃないでしょう！　店を放り出してこんな所でお酒呑んで！」

「いいじゃないですか、うるせえなぁ。きゃんきゃん犬みたいにわめかないで貰えますかね？」

「な……」

奈津が絶句する。善二との付き合いは一番長く、彼の気性もよく知っている。だからこそ、彼に罵倒されることなど考えてもいなかったに違いない。

「そんなだから行き遅れるんですよ、お嬢さん。ま、あんたみたいな可愛げのない女を欲しがる男なんざいないですけどね」

怒りか、それとも悲哀か。肩を震わせる奈津を尻目に、善二は酒を喉の奥へ流し込む。旨そうに呑むものだ。数日前は辛くて呑めたものではないと言っていたはずだった。

「善二、あんた」

「あ？　まだいたんですか、鬱陶《うっとう》しいなぁ。さっさと消えてくださいよ」

善二は、奈津が四歳の時に須賀屋へ来たそうだ。

人懐っこく話しやすい彼を、奈津は年の離れた兄のように見ていたという。そういう相手から向けられる罵詈《ばり》雑言《ぞうごん》に、彼女は何も言えなくなってしまう。黙り込み立ち尽くす様を心底邪魔そうに一瞥《いちべつ》し、善二はまたも口を開こうとする。

「それくらいにしておけ」

暴言を見過ごせず甚夜が話に割って入れば、あからさまに善二の表情が歪んだ。目には淀むような濁り、慣れ親しんだ感情が見て取れる。

「邪魔すんなよ」

「酔った上での発言にしても行き過ぎだろう」

「はん、浪人風情がすかしやがって。俺はな、前からてめえが気に入らなかったんだ」

のっそりと立ち上がり、甚夜を睨み付けた善二の顔付きは、まるで能の夜叉面だ。酔った勢いなどではない。そこには明確な憎悪が宿っていた。

「善二、やめなさい！」

はっとなった奈津は狼狽《うろた》えながらも彼を止めるが、制止の言葉など聞いてはいない。手は今まで呑んでいたゆきのなごり、空になった瓶へと伸ばされる。眼光は更に厳しく、射殺さんばかりに研ぎ澄まされた。

「呑み過ぎだな」

ぶつけられる殺意を平然と受け流す。散々鬼を相手取ってきた、今更その程度で怯みはしない。甚夜は呆れたように溜息を吐き、それが合図になった。

「うるせえ、糞が！」

馬鹿にされたとでも思ったのか、善二は腕を振り上げ酒瓶で殴り掛かる。

だが遅い。無防備な突進に合わせ僅かに体をずらし、一歩を進むと同時に腹へ掌底を叩き込む。

「おごぉ……！」

もちろん手加減はしたが、鍛えていない善二の腹は衝撃に耐えられず、膝から崩れるようにその場へ倒れ込んだ。口からは大量の吐瀉物《としゃぶつ》。びくびくと体を痙攣《けいれん》させながら、今まで呑んだ酒を吐き出していた。

「酒は天下の美禄《びろく》。量にはかかりは無粋の極みだが、乱に及ぶは無様だろう。しっかりと吐き出しておけ」

投げ捨てた言葉は既に聞こえていない。気を失った善二はぴくりとも動かなかった。

呼吸の音は聞こえるので命の心配はないが、いきなりの流れに奈津は慌てふためいていた。

「あんた、さすがにそれはやりすぎでしょう」

「そうでもないと思うが。あれは吐いておいた方がいい」

「え？」

親しい人が殴られたのだ、彼女の動揺は当然。同時に、甚夜にとっては、この対応もまた当然だった。

ゆきのなごりは、どうにも怪し過ぎた。

「おいおい、やってくれるじゃねぇか」

「許せねえなぁ」

騒動に気付き、酒を呑んでいた男達が次々に立ち上がり、甚夜達を追い詰めるように取り囲んでいく。別段善二と親しかったという訳でもないだろうに、殺気立っている。

異様な雰囲気に気付いたのか、奈津は怯えて甚夜の背中に隠れた。

「ちょ、ちょっと、なによこれ」

「呑み仲間が殴られ激昂した、わけでもなさそうだ」

目には先程の善二と同じく、はっきりとした敵意がある。血走った眼、各々酒瓶を手にし、どこから持ち出したのか短刀を構えた者もいる。喧嘩、どころではない。完全に殺そうとしていた。

卓に置かれた酒を見る。

全て同じ。この店では誰もがゆきのなごりを呑んでいた。だから確信する。あれは、まともな酒ではない。

「じ、甚夜」

「目を瞑っておけ。すぐ終わる」

刀は抜かない。斬るつもりは端《はな》からなく、だが怪我くらいは覚悟して貰おう。

波のように襲い掛かる男達。所詮は素人、速度も技もない。一歩を進み距離を潰し、一つ右手で顎を打ち抜く。右足を軸に体を回し手刀で二つ、体を落とし当身《あてみ》で三つ。刹那の内に三人打ちのめしてみせる。

殴り蹴り投げ飛ばす。次々と男達は倒れていくが、相手に動揺はない。誰がやられても躊躇《ためら》うことなく襲い掛かる。

力量の差は歴然、だが男達は決して止まらない。それは勇敢でも蛮勇でもなく、発狂が正しい。明らかに男達は正気を失っていた。

「てめぇ！」

数人の男が徳利やら皿やらを投げ出した。馬鹿らしい。人相手ならばともかくこの身は鬼。そんなもの当たっても怪我さえしない。

だが、奈津はそうもいかない。甚夜は庇うように彼女の前に立つ。

全て叩き落とす。腰を落とし、手は夜来に掛かり、抜刀しようとしたところで彼の動きは止まった。

「行きぃ、かみつばめ」

突如現れた一羽の燕《つばめ》が、中空の陶器をすべて叩き割って見せたからだ。

ありがたい。刀から手を離し、地を這うように駆け出す。男達が次のものを投げるより早く間合いを詰め、一気に叩き伏せる。

総勢二十一人、片付けるのに時間はかからなかった。

「善二、大丈夫?」

煮売り酒屋で暴れていた男達を全て黙らせ、ようやく場が落ち着いた。

善二の意識はまだ戻らない。あれだけ暴言を吐かれてもやはり心配なようで、傍らに寄り添う奈津は、そっと彼の手を握りしめている。

「息はしている。心配はいらん」

「うん……そうね。ありがと」

命に別状はなく、外傷も見当たらない。ただ気絶しているだけだ。酒も吐かせた。おそらくこのまま寝かせておけば自然と目を覚まし、酒が抜ければ普段の彼に戻るはずだ。

握った手が離れることはない。それでも多少は安堵できたらしく、奈津は素直に頭を下げた。

「それにしても……ほんと、あんた無茶苦茶よね」

店内を見回せば伏したままの男達。二十人以上相手にしておきながら息も乱さない甚夜に、奈津は唖然としていた。けれど甚夜からすれば驚きはない。なにせ二人掛かりだ。てこずる方がおかしかった。

「助けがあったからな」

甚夜が仏頂面でそう言うと、奈津の背後から答えが返ってきた。

「別に、助けんでもよかったとは思うけどね」

玄関を見れば、そこに立つのは水干《すいかん》に似た衣をまとった、二十代後半の男。確か、奈津とも面識があったのだったか。

「手間が省けた。礼を言う」

「あはは、相変わらずやね、君は」

軽薄な、張り付いたような笑顔。以前よりも齢は重ねているが、印象は変わらない。飄々《ひょうひょう》として余裕たっぷりの、どこか胡散臭い男だった。

「久しぶりだな」

「うん、お久しゅう。元気しとった?」

彼は数年前に出会った付喪神《つくもがみ》使い。

名を三代目秋津染吾郎という。

3

「んぁあ……あ？」

ずくん、と響く腹部の痛みに善二は目を覚ます。吐き気も襲ってきたが吐くものはなく、呻いただけで終わった。

うっすらと見えてきた周囲の違和感に戸惑う。気付けば見慣れた場所。須賀屋の一室、小僧達の共同の寝床となる広間だった。

「あれ、俺、何でこんなとこに……」

空は既に夕暮れの色。窓から差し込む光に赤く染まった広間は、どこか寂しげに映る。

誰もいない。自分はどうしてここで寝ていたのだろう。善二はぶつぶつと呟きながら、一つずつ指折り数えて記憶を辿っていく。

「確か、酒呑んでたような」

日本橋の煮売り酒屋で、浴びるように酒を呑んだ。天にも昇る極上の酒。呑んで呑んで、意識がぼやけて、その中で。

「あ……」

心配して訪ねてくれた奈津を罵倒した。その上友人に殴りかかって、返り討ちにあって気を失った。

無様な行いが次々と思い出される。情けない。恥ずかしい。湧き上がる感情に善二は歯軋《はぎし》りをした。

「あ、善二。起きたの？」

時期を計ったように現れたのは、傷つけてしまった相手。生意気だけど、妹のように思ってきた、大切なはずの娘だった。

「お、お嬢さん！」

驚いて上体を起こす。ずきん。急に動いたせいか腹がまた痛んだ。

「あつっ」

「無理に起きなくてもいいのに」

「あ、いえ、ですがね」

広間に入って来た奈津は普段と変わらない。少なくとも善二には、いつもの彼女に見えた。それが奇妙に思えてならない。傍に座り、奈津は気遣ってくれる。

「まだ痛む？」

酷いことを言ってしまった。なのに、なんで。

善二は彼女の心が分からず、ただ困惑していた。

「え。あ、ああ。はい、ちょっとばかり」

「あいつ、もう少しくらい手加減すればいいのに」

「でも、手加減は苦手って言ってましたし」

「そう言えばそうね。まったく、融通が利かないんだから」

くすくす笑う奈津は自然で、どうすればいいのか分からなくなってしまう。

煮売り酒屋での騒動は余すことなく覚えている。大切な存在なのに、暴言を吐かれて愕然とした姿を見ると心が晴れた。その感覚が今も胸にある。それが悔しく、申し訳なかった。

「……すいません」

いっそ責めてくれた方が楽になる。そんなお門違いな恨み言を思い浮かべてしまうくらいに、彼は打ちのめされていた。

「すいません。本当に、すいませんでした」

もっと気の利いたことを言いたいのに、零《こぼ》れてくるのは拙《つたな》い謝罪だけ。善二はうわ言のように繰り返し謝り続ける。

「謝らないでいいわよ、別に」

返ってきたのは穏やかな声だった。

悔やむ善二の頬にそっと手を添えて、まるで子供をあやすように、優しく奈津は微笑んでいた。

「でも、俺、お嬢さんにひどいことを」

「かもね。けど、それが全てじゃない。あんたが言ったんでしょ?」

思い出されるのは、まだ彼女が幼かった頃。自身の内に潜む醜悪な鬼を見せつけられた奈津は、それを受け入れず、涙を流しうずくまっていた。溢れてくる愚痴や不満、目を覆いたくなるような嫉妬。そんな薄汚いものが自分の本心だなんて、子供だった彼女には認められなかった。

だから善二は言った、それが全てではないと。わがままで多少辛辣だが、優しいところだってあって、父親が大好きで。そういうもの全てをひっくるめてお嬢さんなのだと。いつかの庭で、彼こそが奈津に教えた。それが、歳月を経て返ってきた。

「そりゃあ、少しは傷付いたわよ？　……だけど知ってるから。もしもあれが善二の本心でも、同じくらい、私を大切にしてくれてるって。ちゃんと、知ってる」

「お嬢さん……」

「だからあんたもそんなに気にしないの。お酒の席での言葉を真に受ける程子供じゃないわよ」

巣立っていく小鳥を見るような気持ちだったのかもしれない。頼りなかった生意気な娘が、誰かに手を差し伸べられるくらい大きくなった。感慨深く、ほんの少し寂しくもある。しかし、それを塗りつぶすくらいの温かさが胸にはあった。

「でも、すみません。あんときの俺はまともじゃなかった」

「確かにね。いきなり殴りかかってくるんだもの」

「それは……」

きついはずの酒だった。次第に慣れたのか、極上だと感じるようになった。どれだけ呑んでも呑み足りなくて。旨いと思うのに満たされなくて、ひたすらに杯を空けた。

心地好い気分なのに奈津と話している時は、妙に苛立っていた。煩わしい。鬱陶《うっとう》しい。傷付けるとすっとした。それくらい彼女が憎々しく感じられた。

そして甚夜が出てきた瞬間、苛立ち程度では収まらなくなってしまった。

あの時の善二には、明確な憎悪があった。酒に酔った勢いでは説明がつかない。気が立っていたのではなく、殺してしまってもいいと思うくらい、あの男が憎かった。その理由が、自分のことだというのに、善二には分からなかった。

「起きたのか」

悩ませていた頭を重々しい響きに殴り付けられた。

間違いなく今一番会いたくない人だ。

恐る恐る顔を上げ、上目遣いに声の主を確認する。

「善二。大層な醜態だったそうだな」

須賀屋主人、重蔵。元々厳めしい面をした男ではあるが、今日の雰囲気は、普段よりも更に凄まじい。凍り付く、というのはこういう心地か。見下すような、汚物を眺めるような、軽蔑《けいべつ》に満ちた視線である。

「だ、旦那様……」

口が渇く。喉が痛い。冬の空気の冷たさとは関係なく肌が引きつる。

唾液など出てもいないくせにごくりと喉を鳴らし、緊張の面持ちで善二は次の言葉を待つ。

長く短い沈黙の後、重蔵は抱石《だきいし》でも押し付けるような無慈悲さで呟いた。

「次はないと思え」

それは忠告ではなく宣告だった。

一言だけ残し、ふいと目線を切り去っていく。

その後姿には隠しようもない怒気が宿っており、自業自得とはいえ胃が重たくなる。正直、生きた心地がしなかった。

「あぁ……なんつーか、どうしよ」

「真面目に働くくらいしかないいんじゃない？」

「そりゃそうなんですがね」

せっかく番頭を仰せつかったというのに、この有様。

厳格な重蔵のことだ。少しでも汚名を払拭せねば、最悪小僧からやり直しもあり得る。

「とりあえず、しばらく酒は控えます」

「それがいいわ」

くすりと零《こぼ》れた笑みに心がまた温かくなる。

酒に溺れて醜態を晒してしまった。それでも、この笑顔を酔った勢いで壊してしまわなかったことだけは、本当に良かったと思えた。

◆

「おとっつぁん、うちにはもうお酒なんて」

「うるせえ！　とっとと酒持ってこい！」

夜になり、しかし隣の親娘はまだ言い争いを続けている。

泣く娘と酒飲みの父。お決まりのやりとりだが、最近はとみに激しくなっていた。

「おーおー、ようやるわ」

目の前で座り込んでいる秋津染吾郎は、相変わらず軽薄な作り笑いで、その内心を窺い知るのは難しい。持て成しの茶一つ出さないのが、二人の距離感を如実に表していた。

聞けば彼は京の生まれらしい。普段は根付《ねつけ》の職人だが、鬼が出れば付喪神《つくもがみ》使いとしてそれを討つ。この男もまた鬼を討つ者ではあるが、甚夜とはあり方が異なる。甚夜にとって重きは鬼の討伐であり、染吾郎にとって重きは職人としての己。

形こそ似ているが、二人は本質的にまるで別物だ。なにより鬼と人、こうやって同席していても、気を許すにはちと距離が遠すぎた。

「鬼を斬る夜叉……噂は聞いとるよ。君、有名なんやね」

曰《いわ》く、江戸には鬼を斬る夜叉が出る。人の口に戸は立てられぬ。刀一本で鬼を討ち払う男の噂は、江戸の町でまことしやかに囁かれている。

染吾郎もそれを耳にしたのだろう。からかうような調子で口の端を吊り上げる。

「そこそこには、な」

取り合わず適当に返せば追及はない。

鬼を討つ鬼に興味はあるのだろうが、こだわるほどでもなく、不明瞭な答えでも特に気を悪くした様子はなかった。お互いの関心は、なにを追っているのか、その一点に尽きる。二人の会話は雑談よりも腹の探り合いに近かった。

先に話を切り出したのは甚夜である。

「お前は何故あんなところに？」

「ちょい野暮用で……じゃ、納得はしてくれんよなぁ」

嘘は許さぬとばかりに鋭く目を細めるが、染吾郎は飄々《ひょうひょう》とした態度を崩さない。

以前の騒動を最後に一度京へ戻ったようだが、またも彼は江戸に来た。何かしらの目的があるのは間違いなく、それに鬼が絡んでいると想像するのは容易《たやす》かった。

「ま、別に秘密にしとらんし、君ならええか。実はな、京でけったいな事件があってなぁ」

「事件？」

「そ。兄が弟を斬り殺したっていう、まあそれだけならよくあるやつやね」

彼の話す事件は鬼とはなんら関係のない、誤解を気にせず表現するならば、いたって普通の殺しだ。確かに物騒ではあるが、染吾郎の言う通り珍しいものでもない。

「普段やったら僕も気にせんような話やったんやけど、最近似た事件が多くてなぁ。気のいいお人が豹変して周りを殴り散らす。いきなり若いのが暴れ出す。酒飲みの乱闘が、いつの間にか殺し合いに変わる。そんなんが立て続けに起こっとる」

そこまでいくと、よくある事件で終わらせるには多少以上の違和感がある。性格が変わったような振る舞い、いきなり暴れ出す男達。どこかで聞いた話だ。

「こらおかしい思うて調べてみたら、最初の事件な。弟が酒好きの兄ちゃんに珍しい酒を買うてきて、その晩酒盛りしながら殺されたらしい。他のも、なんや、暴れとるお人はみぃんな酒を呑んどった。しかも同じ、江戸から入って来たゆう酒や。そいつになんかある、そう考えるのが普通やろ？」

染吾郎の余裕めいた表情は真剣なものに変わる。

どうやら染吾郎が煮売り酒屋を訪れたのは偶然ではなかったらしい。彼は今回の件の根幹には奇妙な酒の存在があると、初めから当たりをつけていた。

甚夜も同じ危惧を抱いており、ならばこうして再会したのは、ある意味必然だったのかもしれない。

「ゆきのなごり。僕はそいつの出所を探っとる」

つまりこの男も、同じものを追っていたのだ。


江戸の町は既に寝静まっていた。

冬の夜は透明で、普段ならば星の光がよく届く。しかし生憎《あいにく》と今宵は曇天。分厚い雲に空は覆われ、立ち込める冬の風情に、町並みや景色は色褪せて見える。冷たい風を肩で切り、二人夜を歩く。凍てつくような寒さ。問いかける声は白かった。

「秋津染吾郎。お前はあの酒に関して、どの程度知っている」

「いんや、ほとんどなんも知らんよ。僕が知っとるのは、あの酒をやると正気失くして乱暴になる、ってことくらいやね」

確かにあの時の善二の目は、正気ではなかった。殺すことを躊躇《ためら》わない、苛烈な感情。ゆきのなごりがそれを誘起するのならば、煮売り酒屋での一件も納得ができる。

「そういう君は？」

「私も同じようなものだ。ただ、この先にはあれを大量に仕入れていた酒屋がある。入荷した途端売り切れていたようだが」

「おー、実際に扱っとった店か。そら興味はあるなぁ」

張り付いた笑みのまま、切れ長の目が夜の先を捉える。

深川の近隣は元々湿地帯であり、夜ともなれば冷え込みが厳しい。星さえ見えない黒の空、厚い雲。いつ雪が降り出してもおかしくなかった。

辿り着いたのは件《くだん》の酒屋。数日前の昼間、店はごった返していた。そのため建物まではよく見ていなかったが、近付いてみれば木の傷み具合から、かなり古い建物だと分かる。住宅を兼ねた商家であり、いつぞやの盛況ぶりから考えればこぢんまりとした印象だった。

「わざわざ夜に来たってことは？」

「当然忍び込む」

「そういや、君の力って姿を消せるんやっけ？」

「ああ。店の者を脅せば多少は話を聞けるだろう」

「あはは、君、普通に人でなしやな」

「何を今更」

当たり前のことを言われて動揺する馬鹿はいない。

無表情のまま静かに目を伏せ、左手を腰のものにかける。

おかしそうに笑っていた染吾郎も一転ひりつくような気配をまとい、眼前の酒屋を睨《ね》め付けた。

「でもま、そんくらいはした方がいいんかもしらんね。あの酒はけったいにも程があるわ。これ以上広がるんは、なんやまずい気がする」

「同意見だ」

だからこそ手段を選んでいる余裕はない。正気を奪う酒。人死にが出ている以上、放置できない代物だ。甚夜は無表情のまま一歩を進み、そこでぴたりと足は止まる。

「なぁ……」

「ああ」

戸が微かに開いている。戸締りもしないとは不用心な、とも思ったがどうにも様子がおかしい。虫の知らせ、予感。断じてそんなものではない。慣れ親しんだ感覚に怖気《おじけ》が走る。

飛沫する脂。独特の鉄臭さ。塗れ味わってきた、ざらついた肌触り。

「血の匂い……」

冬の冷たい空気のせいだろう。薄く伸ばされた香りが針のように鼻腔《びこう》を突く。

だとしても躊躇いはない。戸に手をかけ、音を立てぬようゆっくりと開ける。

踏み入った店内には、いくつもの酒瓶が割られ打ち捨てられていた。壁には亀裂、備え付けられた家具も損壊している。そして酒の香気さえ消してしまうほど濃密な血の匂い。

「こら、まぁ」

普段の飄々とした態度を脱ぎ捨て、染吾郎が不快そうに顔を歪める。

店の土間には死骸が転がっていた。羽織を見るにおそらくはこの店の主人なのだろうが、人とは思えぬほど無惨な姿になってしまっている。体は血に塗れ、各所が陥没し、関節はあり得ない方向に曲がり、顔は拉《ひしゃ》げ、頭は柘榴《ざくろ》のように潰れている。

撲殺されたのは間違いなく、だがここまでむごい死体を見るのはまれだ。

「けったくそ悪い……」

何度も殴打《おうだ》し、死んでからも殴り続けなければこうはなるまい。悪意が透けて見えるような殺し方に、染吾郎は怒りをあらわにする。

「ないな」

甚夜は凄惨な光景を前にしても眉一つ動かさず、店内を見て回る。冷酷な態度に染吾郎は僅かに嫌悪を見せたが、優先すべきは彼も同じであり、平静を取り繕い呟きの意味を問う。

「ないって、なにが？」

「ゆきのなごり。一本くらいは残っているかもしれないと思ったのだが」

「前も入荷した途端売り切れたって君が言っとったやん……って、そんだけが理由でもなさそうやな」

染吾郎がくいと顎で示す先には、まだ無事だった棚がある。

酒が陳列されているのだが、その一か所だけがごっそりと無くなっていた。金目のものがありそうな場所は荒らされておらず、酒が置いてあった棚はひっくり返したように壊されている。にもかかわらず、この棚だけ傷が全くなく、指で触れてみれば埃も付かなかった。

　おそらく、ここには元々何かが置いてあり、なくなってから時間はさほど経っていないのだろう。

「確かに、不自然だな」

「押し入った輩は、探して見つからんかったから壊した。この棚にはあったから、大切にそれだけ持ってった……てのはどうや」

「それが、ゆきのなごり。しかし、たかだか酒の数本で人を殺すか？」

　話しながら染吾郎は懐に手を入れ、甚夜は夜来の鯉口を切る。

　意識が研ぎ澄まされ、四肢《しし》に力が籠った。

「呑んだら正気を失う、なんてけったいな酒や。不合理は今更ちゃう？」

「確かに、常識で測ろうとする方が間違いか」

　一度息を吸い、ぴたりと止める。

「行きぃ、かみつばめ」

　間近に迫る三つの影。振り返りざま、染吾郎が突き出した腕の先から飛び立つ一羽の燕《つばめ》。最高速に達した燕は刃物の鋭さで、背後から襲いかかろうとした何者かを貫き、さらに翻《ひるがえ》り急降下。もう一つの影……赤黒い皮膚の、憤怒の形相をした鬼。その脳天から股下までを切り裂いて見せた。

「ほう、見事なものだ」

「……言っとくけど、やらんからね」

以前奪われた犬神のことをまだ根に持っているのか、染吾郎は半目で睨んでくる。

どこ吹く風といった様子で甚夜は抜刀し、刹那の瞬間、暗がりからもう一匹、鬼が躍り出た。

隠し様のない殺意を発しながら、染吾郎の方には目もくれず、甚夜に向かって鬼は猛進する。

技巧のない動きだ。斜め後ろへ左足を退き半身、脇構えから右足を軸に体を回し、捌きと同時に横薙ぎの斬撃。憎悪に曇った目では反応さえできない。瞬きする暇もなく、鬼の胴と下半身は綺麗に離れていた。

「そっちこそ、やるなぁ」

付喪神を扱う術こそ心得ているが、染吾郎自身は体術に長けている訳ではない。賞賛にはからかいではなく、純粋な敬意があった。

戦いにすらならず斬り捨てられた三匹の鬼。しかし、甚夜の表情は苦々しい。

「どう見る？」

「そやなぁ、鬼も酒の匂いにつられてきた、とか？」

冗談のような物言いだが、否定する気にはなれなかった。

正体の分からぬ酒だ。鬼を呼ぶくらいはしてもおかしくない。それを最後に黙り込めば、血の匂いが濃くなったように感じられた。

どちらからともなく足を動かし、二人は何一つ得る物なく酒屋を後にする。

染吾郎は店主の死骸を弔ってやりたかったようだが、痕跡を残す訳にもいかず結局は放置したままになった。

「お、雪か……」

外に出ればまたも雪。

しんしんと降りしきる白い花。最近は毎晩のように雪が降っている。

感慨がある訳ではない。雪は確かに綺麗だが、遮られる視界が先行きの見えぬ現状と重なり、煩わしく感じられる。

「嫌な空だ」

冬の曇天も風情だが、好みで言えば星空がいい。

降りしきる雪より、青白い星月夜を美しいと感じるのは、いつかの川辺を覚えているからだろう。

ああ、そう言えば。

昔見上げた夜空は、もっと綺麗だったように思う。

あの時の想いからは、遠く離れてしまったけれど。

4

まってる、ここにいるよ。

「おとっつぁん……」

「酒だ！　とっとと酒持ってこいやぁ！」

その日の目覚めは、お世辞にも良いとは言えなかった。

隣の親娘喧嘩は近頃では恒例となっており、今朝も早くから騒がしい。

壁の薄い貧乏長屋、言い争う声はよく聞こえる。

昨夜はただでさえ狭い部屋がさらに狭まり、非常に寝苦しかった。その上けたたましい怒号に叩き起こされて、清々しい目覚めになるはずもなかった。

「くぁ……」

部屋が狭くなった原因、雑魚寝していた秋津染吾郎も声に反応して起き上がった。ぐっと背筋を伸ばしながら、大きく欠伸をしている。

彼が江戸に着いたのは昨日らしく、宿も取っていなかったようで、甚夜の部屋に押しかけ泊まり込んだ。

特に親しくもない相手、それも鬼だと知りながら平然と眠れる辺り、肝の据わった男ではある。

「おはようさん、と。腹減ったんやけど、朝飯なんかない？」

起き抜けの第一声がこれだ。図太いのか単に馬鹿なのか、今一つ判別が難しい。

ともかく、こうやって無防備な姿を晒すところを見るに、寝首をかくような真似はしない、その程度には信用されているようだ。

「ない」

「あらま。ほな、どっかで済ませよか。君も行くやろ？」

張り付いた笑みの下の真意までは読み取れない。やりにくい相手だと甚夜は溜息を零《こぼ》した。


昨夜の雪は朝まで降り続けたようで、江戸の町は雪化粧に色を失くしていた。

雲の切れ目から零れた光が、時折雪に反射して眩しく映る。踏み締めればさくりと小気味の良い音が鳴った。

雪に喜ぶような童心は残ってはいないが、これも冬の風情と思えば悪くはなかった。

飯を食う所など近場の茶屋か喜兵衛くらいしか思いつかない。巳三つ刻、結局、喜兵衛へと足を運べば、おふうのたおやかな笑顔の代わりにけたたましい怒声が出迎えた。

「糞あまが、なんか文句でもあるってぇのか⁉」

「そ、そんな」

暖簾を潜ればこめかみに血管を浮かべ、赤ら顔で凄む男が二人。今にもおふうへ掴みかかろうとする瞬間だった。

長らく罵詈雑言《ばりぞうごん》を浴びせられていたのだろう。彼女は怯えて瞳を潤ませ、ただ狼狽《うろた》えている。せめて客に被害が及ばぬよう計らってか、厨房には店主と奈津の姿があった。愛娘《まなむすめ》に危害を加えようとする輩など見過ごせるはずもなく、店主は今にも飛び出そうとしている。それどころか怒りに包丁を持ち出そうとしているのが見えた。

そいつはまずい。甚夜は店内へと歩みを進め、店主が厨房から出てくるよりも早く、普段よりも大きく声を張った。

「随分と騒がしいな」

騒ぎなぞどこ吹く風、平然と渦中に足を踏み入れる。

見知った顔は驚きから、見知らぬ者は憎悪を込めて、店内の視線が甚夜に集まった。

「じ、甚夜君」

おふうは鬼とはいえ女性。自分よりも大きな男に詰め寄られれば、不安も恐怖も感じるのだろう。一瞬緩んだ表情に彼女の安堵が見て取れる。

「んだ、てめぇは？」

近付いてきた男、吐き出された酒臭い息に眉を顰《ひそ》める。

匂いが不快だったのではない。またも酒が関わってきたことに、言い様のない不快感を覚えた。正気を失い乱暴になる。その原因となる酒を甚夜達は知っていた。

「酒乱か、それとも」

「うーん、どっちも有り得るやろうけど。僕は君が言わなかった方を推しとくわ」

染吾郎も、同じくこの男達がゆきのなごりを呑んでいると思ったようで、張り付いた笑みは消え、鬼を討つ者としての顔が覗いていた。

「何を訳わかんねぇこと言ってやがんだ、ガキが！」

「いや、たぶんやけど、そいつ君よりおっさんやで」

憤怒の形相で睨み付ける男と、真面目に茶化す染吾郎。こんな状況だというのに、どうにも緊張感が無い。

次第に甚夜も面倒くさくなり、男が再び口を開く前に、右腕を鞭のようにしならせた。

「あがっ⁉」

寸分違わず顎を打ち抜く。

顎は急所だ。頭部を揺さぶられ、男はくるんと白目を向き崩れ落ちる。

「次はお前か？」

舐められている。そう感じた男が逃げるはずもなく、怒りはさらに膨れ上がる。

「この野ろ…お……ぅ」

だが遅い。瞬時に間合いを潰し、腹を殴る。

おそらく、男はその動きを見ることさえできていなかったのだろう。あらぬ方を向いたまま地に伏した。

「手加減ないなぁ」

「十分にしているが」

「ま、そりゃそうやろうけど」

死ななかったのだ、十分すぎる。

悪びれない態度の甚夜に、やれやれと染吾郎は肩を竦《すく》めた。

おふうがほうと息を吐いた。気が抜けたようで、普段の凛とした立ち姿はなく、今にも倒れてしまいそうなくらい弱々しく見える。

何か言葉の一つもかけてやろうと思い、しかし甚夜の目は冷たく細められることになった。

「て、めぇ、殺してやらぁ……」

顎を打ち抜いたのだ、しばらくは立てぬと踏んでいた。もう一人も完全に意識を刈り取った。動けないはずだった。

確かに手加減はしたが、並の人間が耐えられるようなものではない。だというのに、男達は体を起こし、ゆっくりとではあるが立ち上がった。

そして、身構えた甚夜を無視して、まるで何かを追いかけるように、勢いよく店の外へ走って出ていく。

「待ちやがれ！」

突飛な行動に理解が及ばず、その場にいる誰もがまだ少し揺れる暖簾を呆然と見つめている。いや、違った。染吾郎だけは、にやにやと笑っていた。

「何をした」

「ん、何って？」

「とぼけるな」

「あはは、そない凄まんでもちゃんと教えたるって。ほれ、見てみい」

そう言って甚夜にだけ見えるよう開いた彼の右手には、内側に蒔絵《まきえ》が描かれた一対の蛤《はまぐり》の貝殻があった。

「清ではなぁ、蜃《しん》……つまり蛤は、春や夏に海ん中から息を吐いて、現実には存在せん楼台《ろうだい》を作り出すって言われとる。蜃気楼《しんきろう》の語源やね。ほんなら蛤の付喪神《つくもがみ》は、当然、それに沿ったもんになると思わん？」

器物百年を経て、化かして精霊を経てより、人の心を誑《たぶら》かす。古きに宿る魂を操り、力を引き出すことこそ、付喪神使いたる秋津染吾郎の業。これはその一端。付喪神となった器物は、説話に語られる通りの能力を発現する。

つまり合貝《あわせがい》の付喪神は、蜃気楼を造り出す。彼の言葉を信じるのならば、おそらく男達は蜃気楼を追いかけていったのだろう。

「意外と応用が利いてな。見せたい相手にだけ見せることもできる。君も前ん時、騙されたやろ？」

そういえば以前やり合った時、染吾郎を打ち据えたはずなのに刀がすり抜けてしまった。あれも蜃気楼だとすれば、確かに応用の利く厄介な力だ。

「しかし、あの様子。いったいどんな蜃気楼を見せた？」

「いやあ、それは聞かん方がええんちゃう？　そんなんよりお腹減ったし、はよなんか食べよ」

本当に図太い男だと感心する。どうせ聞いても話さないだろうと、甚夜もそれに倣《なら》った。

「あの、甚夜君。ありがとうございました、おかげで助かりました」

「ん、ああ」

追っ払ったのは染吾郎だが、あの蜃気楼が男たち以外に見えていなかったのならば、それに気付ける訳もない。感謝される謂《いわ》れもなく、だから返答は曖昧になってしまった。

「秋津さんも」

「いやあ、僕は大したことしてへんからね」

「実際見てただけよね」

「相変わらずやなぁ、お嬢ちゃんは」

厨房から出てきた奈津の言に染吾郎が苦笑する。

話す気はないらしい。術を隠すためなのか、わざと滑稽な自分を演じているように見えた。

「まあええけど。おふうちゃん、天ぷら蕎麦一つもらえる？」

「はい。甚夜君はかけ蕎麦でいいですか？」

「ああ」

ともかく、これでようやく飯にありつける。今日は朝からやけに疲れてしまった。

「で、今も必死になって働いてるわよ。自業自得と言えばそうなんだけどね」

あれから善二がどうなったのかを聞けば、奈津は面白おかしく事の顛末《てんまつ》を話してくれた。

番頭を解かれるようなことにはならなかったが、やはり重蔵には睨まれたらしく、信頼を取り返そうと今朝から真面目に働いているそうだ。

「体の調子は？」

「ちょっと痛むけど、動く分には問題ないって言ってる」

「では、言動の方はどうだ？」

「そっちも全然普通。やっぱり、あれは酒に酔っての暴言だったみたい」

安堵からか、実に柔らかく奈津は笑う。

しかし、それらを聞かされた甚夜の心境は、穏やかとは言い難かった。善二は、最初はゆきのなごりを呑めなかったが、いつの間にか普通に呑んでいた。極上の酒だと言って好んで呑む者もいる。店での人気や先程の男達を見るに、ゆきのなごりは結構な速度で江戸の町へ浸透しているようだ。

今はまだいい。しかし正気を奪う酒が蔓延し切った時、いったいどうなるのか。

脳裏を過《よぎ》った想像はひどく血生臭いもので、それがあり得てしまうと思えるからこそ吐き気を覚えた。

「心配かけちゃったわね。でも、もう大丈夫だから」

「そうか。ならばよかった」

顔には出さない。わざわざ不安にさせる必要もないのだろう。

努めて普段と変わらぬよう振る舞い一口茶を啜《すす》る。

そこで話は終わり、悩み事がなくなった奈津は、幾分気楽な調子で席を立った。

「じゃあ、私はそろそろ。善二の様子も見ておきたいし、お父様のご機嫌取りにお土産も買っておかなきゃね」

内容は「善二のこと、怒らないで」といったところか。身銭を払ってでも取り成そうとする辺り、彼女も存外苦労性である。

「好きなお酒でも贈れば」

「止めておけ」

普段ならば、もう少し落ち着いた対応ができた。しかし酒という単語に反射的に、強く否定していた。剣呑《けんのん》な空気に奈津は面食らっている。

「な、なによ」

「ゆきのなごり、毎晩呑んでいるのだろう。あれは得体が知れん。重蔵殿には他の酒を呑むよう伝えてくれ」

有無を言わせぬ気迫に押され、こくこくと奈津は頷く。

それに安堵し、甚夜はふっと力を抜いた。

「言伝《ことづて》、くれぐれも頼む。気を付けて帰れ。最近は物騒だ」

「……あんたって、ほんとお父様みたいなこと言うわね。でも、大丈夫。ありがとね」

普段の空気を取り戻した甚夜に奈津も緊張を和らげ、くすくすと無邪気な笑顔で返す。機嫌のよさが足取りに現れており、店を出る姿も軽やかだ。

その様子を見ていた染吾郎が、苦笑交じりにぽつりと呟く。

「まだまだ雀《すずめ》のままかぁ」

「はい、蛤には遠そうです」

答えるおふうも、また楽しそうだ。

二人のやり取りの意味が分からず横目で見れば、おふうは余計に笑った。

「雀はいつか蛤になるそうですよ」

結局、それ以上は教えてもらえず、理解できないまま溜息を吐くしかなかった。


「おや、浪人。今日は連れがいるのかい」

黄昏《たそがれ》が夜に変わる頃、柳橋へ訪れれば、雪の夜に浮かび上がるような風情を醸し出す女が一人。ぼろぼろの傘をさした夜鷹は、白い息を吐きながら、それでもゆるりと妖艶な仕種で甚夜達を迎えた。

「気にするな。成り行きの帯同だ」

「確かに仲間やお友達て訳やないけど、なんや扱い悪いなぁ」

夜鷹は明らかな作り笑いを浮かべる染吾郎に一度視線を向け、さほど興味はなかったのか再び甚夜へと向き直る。

「なんでもいいさ。頼まれごと、調べといたよ」

空気がぴんと張りつめたのは、寒さのせいばかりでもなかった。

「でも、あの酒がどこで作られたのか、どういう道筋で江戸へ入って来たのかははっきりとしなくてね。仕入れてる店だけは分かったよ。蔵前にある酒屋なんだけど、どうやらそこから江戸の酒屋へ卸してるみたいなんだ」

「さすがに早いな」

「言われた仕事はやるさ。で、その酒屋なんだけど、覚えてるかい？　前に蔵に住み着いた鬼を討ってほしいって依頼してきたところだよ」

以前、菊夫という幼い鬼を斬った。ひどく嫌な気分になったためだろう、よく覚えている。

あの時、酒屋の店主は良い酒が入ったと言っていた。それはゆきのなごりのことだったのかもしれない。

「どこで作られたのか聞いた客もいたんだけど、店主はゆきのなごりは泉から湧き出る神酒、私が手に入れられたのは、それこそ神仏の導きというものでしょう、なんて答えたらしいよ。どこまで本気か分からないけどね」

「菊水泉《きくすいせん》を見つけた孝行息子のつもりなんかね。なんや、痛い奴やなぁ」

菊水泉とは、説話に登場する酒の湧き出た泉のことだ。

昔、ある男が貧乏ではあったが年老いた父親の為に骨を粉にして働き、少しでも長生きをしてもらおうと願っていた。父親は大層な酒好きで、しかし米を買うお金にさえ苦労する男には、酒など滅多に買えない高級品だった。

ある日、男はいつものように薪《まき》を取りに奥山へと踏み入り、その途中足を滑らせ、谷底まで落ちていってしまう。幸いなことに怪我は軽く、頭も打っていない。目覚めた時に喉が渇いていたこと以外は問題なさそうだ。

水が飲みたい、男がそう思っているとどこかから水音が聞こえてくる。どうやら近くに川があるらしい。これ幸いと近寄ってみれば、そこには見上げるばかりの滝が飛沫を上げて流れ落ちる美しい光景が広がっていた。

ありがたいと近場の泉に湧き出た水をすくい上げ、喉に流し込めば驚きに目を見開く。なんと泉から湧き出ていたのは水ではなく、これまで嗅いだこともないくらいに香《かんば》しい酒だった。

早速父親の為に酒を持ち帰れば、あまりの旨さにどこで手に入れたかを聞いてきた。

男が山であった不思議の話をすると、父親は言った。

それはきっと、親孝行なお前に、神様がごほうびにくださったんだ。

この話は奈良の都の天皇の耳にも伝わった。天皇はこれにいたく感心すると、男に褒美を取らせ、そればかりか年号を「養老」と改め、そして滝は以後「養老の滝」と呼ばれるようになったという。この泉が菊水泉で、天皇自身が「老いを養う若返りの水」と称えたらしい。

読本にも登場する有名な話ではあるが、それを知っていて先程の発言をしたならば、確かに酒屋の店主は相当面の皮が厚い男だ。

「ま、痛いってのは否定しないさ。酒屋の親父は昨日今日と仕入れがてらの行楽みたいだね、行き先が山の奥かは知らないけど。明日の夕方には帰ってくるって話だ。気になるなら行ってみたらどうだい？」

「助かった。そうさせて貰おう」

懐から銭の入った袋を取り出し、夜鷹へと渡す。

中身を確認せず彼女が受け取ったのは、それなりに信頼してくれているということだろう。

「ああ、そうだもう一つ。その酒屋、水城屋って言うんだけどね。そこに時折、金髪の美しい女が出入りしているって話だよ。もしかしたら、ゆきのなごりは異国で作られた酒なのかもね」

「違う」

否定の言葉は早かった。

それを意外に思ったのか、夜鷹は珍しく驚いたような顔をしていた。

驚いたのは甚夜も同じだ。意識してではなく、ほとんど反射で出てきた答えだった。何故そう思ったのかは、彼自身にもよく分からなかった。

「いや、なんとなく、だが」

「なんだい、それ？　はっきりしないねぇ」

まったくだ。

しかし、あの懐かしい風味をした素朴な酒が、異国で作られたとは思えなかった。

だから違うと答えた。それ以上の意味などあるはずもない。

自身にそう言い聞かせても、どこか誤魔化しのように感じられた。


そうして夜が明ける。

貧乏長屋にはまたも染吾郎が泊まり込み、狭い部屋で男二人という非常に寝苦しい夜を過ごした。硬くなった体をほぐすように肩を回す。既に起きていた染吾郎は、挨拶代わりに軽く手を上げてみせた。

「今日は、水城屋やったけ？　行くんやろ」

「ああ。しばらくは時間を潰すが」

「ほんならまた喜兵衛いこか？　お嬢ちゃん、からかいたいし」

本気なのか冗談なのか、この男は読みにくい。死体を弔ってやりたいと考える辺り、まっとうな感性の持ち主ではあるのだが、甚夜にとって染吾郎はやはりやりにくい相手だ。

「おとっつぁんっ、いい加減に」

「うるせぇって言ってんだろうが！」

思考を邪魔するように、またも隣の親娘の喧嘩が始まった。朝の怒号もいつもの調子で、けたたましい父親の声が長屋中に響いている。

「おーおー、朝からようやるわ」

所詮は対岸の火事、呑気な調子で染吾郎は感想を述べた。甚夜も毎度なので気にせず出かける準備を整える。

普段と変わらない朝のはずだった。しかし、今日は勝手が違った。

「おぅ、ぷ。うがぁ……！」

「おとっつぁんっ、おとっつぁん⁉」

嘔吐でもしているのか、娘の慌てた声が響いている。

がしゃんがしゃんと何かが壊れる音。長屋自体が軋《きし》んでいる。暴れ回っているのか、大層な騒ぎである。

「や、止めておとっつぁん！　い、いや！」

今朝の空気はいやに切羽詰まっている。

染吾郎も違和感を覚えたらしく、さすがに気楽な態度は鳴りを潜めていた。

「なんや、様子おかしない？」

確かに、ただの喧嘩にしては荒々しすぎる。

甚夜もまた目を細め、隣の様子に聞き耳を立てる。

物が壊れる音は止まった。喧嘩も終わり、しかし今度は、苦悶の唸り声を上げる父親と心配する娘に変わった。かと思えば嫌がるような娘の言葉。

酒乱で暴力を振るいだしたか？　浮かんだ想像は一瞬で切り捨てられる。

「いぐぅあがぉ……おおぉ」

声は重く響くような、人では出せぬ咆哮《ほうこう》へと変わっていた。

「甚夜っ！」

言われるまでもない。夜来を掴み長屋の外へ駆け出す。

ちらりちらりと降る朝の雪。構っている暇はない。隣へ直行、障子を空けるのも面倒だ。蹴破ってそのまま部屋へ飛び込む。

ぐちゃっ、という軽い音が響いたのは、それとほぼ同時だった。

おお、おお、呻きながら立つ異形の鬼。足元には首のない娘の死骸が転がされている。鬼の掌は赤く染まり、液体がしたたり落ちていく。今までいたはずの父親の姿はない。

それらを繋げて考えられないほど愚鈍にはなれなかった。

「鬼へと堕ちたか……！」

夜来を抜き去り脇構え。対峙する鬼を睨み付ける。

硬直は一瞬。弾かれたように鬼は突進する。目には昏《くら》い憎悪。生まれたてのくせに機敏だ。左足を進めると同時に踏ん張り、それを軸に体を回す。突進を躱《かわ》せば、鬼は止まらず向かいの長屋へとぶち当たった。

派手な騒音に人が集まってきた。

まずい、そう思ったが杞憂に終わる。鬼は周りの人間には目もくれず、甚夜にのみ殺気を向けてくる。

どうやら手当たり次第に人を襲うような真似はしないようだ。理由は分からないが、自分だけを狙ってくるならば好都合。握りを直し、静かに腰を落とす。

体勢を立て直した鬼は拳を握りしめ、甚夜の頭部を打ち抜こうと剛腕を繰り出す。生まれたばかりにしては身体能力が高く、攻撃にも迷いがない。

だが、それだけ。てこずるような相手ではない。

踏み込み上体を低くし、鬼の拳を掻い潜る。左足を引き付け踏ん張り、腰の回転を肩に腕に切っ先にまで乗せ、全霊の横薙ぎ。

鬼の体は綺麗に両断され、断末魔さえ上げることなく息絶えた。

「おー、さすが」

一部始終を眺めていた染吾郎が、ぱちぱちと拍手を送る。

勿論喜びなど感じないし、そもそも染吾郎自身笑ってはいなかった。

「秋津染吾郎」

「分かっとる」

酒乱の父親が、鬼へと堕ちた。

また、酒だ。呑んでいたであろう酒瓶は壊れていて、それがなんだったのかを知る術はない。

いや、本当は既に知っていたのかもしれなかった。

善二がそうならなかったことを考えれば、即効性のものではないのだろう。それでも脳裏を過る嫌な、おそらくは正解に近いであろう想像が心臓を締め付ける。

「酒屋の親父に聞くことが増えたな」

零れた言葉は白い。雪はさらに強くなった。

5

その日は朝から雪が降り続け、曇天が夜色へ変わる頃には、江戸の町は真っ白に覆い隠されていた。

「お父様、失礼します」

奈津が部屋を訪ねると、重蔵はいつものように部屋で一人酒の最中だった。

以前はまずそうに呑んでいたが、最近はいつも穏やかな顔をしている。だから、こんな風に苦々しい様子で杯を空けていく父を見るのは久しぶりだ。その理由は、善二の失態なのだろう。

「……奈津か」

しかめ面で杯を呷《あお》る重蔵は、こちらを一度見て、すぐ視線を戻して手酌で酒を注いだ。

「お父様、あの、善二のことなんだけど」

「なんだ」

苛立っているのが声の響きで分かる。

「怒ってる?」

「……失望はしている。目をかけてやったというのに」

番頭になった次の日から呑んだくれていたのだ。自業自得だとは思う。しかし善二も反省しているのだから、少しくらいは大目に見てやってほしい。

「そ、そうだ。実はお父様に渡したいものがあるの」

ご機嫌取りという訳ではないが土産を用意した。ここ最近重蔵が毎晩呑んでいる酒にするつもりだったが、甚夜に強く止められたため、代わりに茶菓子を選んだ。

「ありがたく受け取ろう。あとで貰おうか」

「はい」

目がうっすら細められた。

興味は示してくれている。しかし、すぐ杯に意識を戻し、もう一杯呷る。最近はとみに呑む量が増えていた。

「お父様、あの、もう少しお酒は控えた方が」

甚夜にも頼まれ、なにより体が心配だからそれとなく注意するが、重蔵は表情を変えずに酒を呑み続けている。

「いや、今は酔いたい気分なのだ」

ごくりと喉を鳴らす。

床に置かれた酒瓶には、ゆきのなごりと記されていた。

◆

江戸は蔵前にある酒屋、水城屋。

店の主人は奥座敷で帳簿をめくりながら、にたにたといやらしい笑みを浮かべていた。

ここ最近の儲けは尋常ではない。下手な旗本よりも遥かに稼ぎ、その勢いは留まるところを知らない。それも全てはあの女のおかげ、笑いが止まらぬとはこのことだと口の端を吊り上げた。

「いかにも妖しい女だと思ったが、いやはや。あれは大山咋神《おおやまくいのかみ》の化身だったのかもしれん」

底なし沼のような美しさだと思った。

数年前、金紗《きんしゃ》の髪をたなびかせた見目麗《みめうるわ》しい女が彼の前に現れた。

今迄見たこともないほど美しく、しかし見惚れるよりも恐怖が先に来た。あれは人を惑わす魔性。あやかしのものであると、容易に想像がついた。

女は言った。人を堕とす美酒に興味はないか、と。

逆らうなど出来るはずがなかった。店主は言われるがままにゆきのなごりを売りに出した。怪しいとは思ったが逆らえば殺されるだろうし、いくらでも売れる酒だという女の言葉はこの上なく魅力的だった。

そして、それは正しかった。

あの女が教えてくれた酒は今も飛ぶように売れている。一口目はきつく感じるが、二口三口と呑めばそれでおしまい。後はもう坂を転げ落ちるだけ。ゆきのなごりはそういう酒だ。

稀に相性の良すぎる者は呑み過ぎてしまうが、それは知ったことではない。酒に溺れる阿呆の行く末を気にしていては酒屋の主など務まらない。

店主は帳簿を置き、庭へ向かった。

庭には二つの蔵がある。そのうちの一つに足を踏み入れ、にたにたと笑う。今日仕入れてきたばかりのゆきのなごり。蔵にある大量の酒瓶は、数日もすれば空になるだろう。

　これは江戸一番の商家になる日も遠くない。華やいだ未来を想像し、店主はかすれた笑い声を上げる。

「くくっ、ははは」

「景気が良さそうだな」

鉄のように重い声が響き、店主は一瞬にして凍り付いた。

振り返れば、腰に太刀を携えた、六尺近い大男。

間違いなくいなかったはずだ。先程までそこにあった酒瓶を眺めていた。誰かがいる訳はないのだ。なのに男——甚夜は当たり前のように、ごく自然に佇んでいた。

「あ、貴方は」

「二年程前に顔を合わせたと思うが、覚えているか」

「え、ええ、勿論です。以前蔵に住み着いた鬼を退治してくださった」

刀一本で鬼を討つという、ごく一部では有名な浪人である。菊夫の奴を処理してくれた男だ。

その件に関しては感謝しているが、不法侵入をしておいて悪びれもしない態度は心証がよくない。

なにより店の命たる酒蔵に無断で入り込むなど、許せることではなかった。

「以前の件に関しては感謝しております。ですが、勝手に敷地へ入られては困りますね」

この男は勝手に水城屋の敷地に入り込んだ。こちらは追及し、叱責してしかるべきところだ。

しかし返答はなく、代わりに凍り付くような視線が向けられる。

冷たさに肌がひりつく。発せられる無言の圧力に、店主は一歩二歩と後ろへ下がった。

「ま、勝手に入ったんは確かに悪いと思うけどなぁ。それはそれとして、ちょいと話があるんやけど」

またも声が。

びくりと体を震わせ声の方に目を向ければ、浪人の後ろに見知らぬ男がいる。

考えるまでもなく浪人の連れであり、彼等がまともな目的でここに来たのではないこともまた明らかだった。

「は、話？」

気圧されて怯えたように声が震えた——いや、ようにもなにも店主は事実怯えていた。

相手は勝手に敷地へ入り込む狼藉者。堂々としていればいいはずだが、自分にも後ろ暗いところがあるので自然と押しは弱くなってしまう。

「貴殿に用があってな。終わればすぐにでも出て行く」

蔵の出口で見知らぬ男は仁王立ちしている。逃がす気はないのだろう。応じる義理も義務もないが、浪人の左手は腰のものに触れている。その時点で選択肢などないも同然だった。

「分かりました。それで、いったい、いかなご用向きで？」

にへらと愛想笑いを浮かべても男達は揺らがない。

平静に重々しく、放つ空気は硬い鉄のように感じられた。

「酒を探している」

「さ、酒ですか？」

「ああ。最近流行の酒を探しているのだが、どこの店にも置いていなくてな。この店なら扱っていると聞いて訪ねさせてもらった」

用向きとしては、実に真っ当なものだ。勿論このような状況でなければの話だが。

返答に窮していると。浪人が一歩を進むと同時に続ける。

「この店なら扱っていると聞いた」

空気が鉄ならば細められた眼光は刃物のようだ。切り裂かんばかりの敵意が向けられ、店主は体を震わせる。

「ゆきのなごり……あるのだろう？」

酒が欲しいなどという男の目ではない。下手なことを言えば首が飛ぶ。感情の乗らない双眸《そうぼう》に否応なく理解させられた。

「はぁ、こら壮観やな。ぜんぶ、ゆきのなごりや」

どこか呑気な口調でもう一人の男が言う。

蔵の中には所狭しと酒が並べられている。人を堕とす美酒。現在の水城屋を支える命の水である。

「へへ、へへへへ。そ、そうでしょう。人気のお酒で、今日仕入れてきたばかりなんです」

「ほう、どこでだ」

「い、いやいや、教える訳には。わ、私も生活がかかっていますので」

「それは残念だ。ならば」

自然な動き、淀みのない所作だった。

流れるように抜刀すれば、夜に瞬く鈍い光。

相当な業物《わざもの》なのだろう、僅かな間ではあるが無骨ながらも美しい刀に心を奪われ、浪人の踏み出した一歩に意識を取り戻す。

「ひ、ひぃ⁉」

「少し、聞き方を変えるとしよう」

軽い語調。まるで命まで軽く扱われたような、そんな気がした。

◆

「奈津、お前も呑んでみろ」

重蔵に杯を勧められたが、奈津は躊躇《ためら》った。

ゆきのなごりは、善二が吐き出し、甚夜も呑まないようにと言った酒だ。しかし、敬愛する父に誘われる機会など今までなく、嬉しさから断り切れなかった。

「そ、それなら」

一口なら、大丈夫。言い訳をしながら、恐る恐る口を付ける。

ひどく辛かったが、吐き出す程でもない。どうやら男達が大げさに言っていただけらしい。そのまま喉に流し込めば、焼けるような熱さを感じる。せっかくだが、やはり酒は苦手だ。

「注いでくれんか」

呑まない代わりに、空の杯に酒を注ぐ。

重蔵は小さく頷き、一気に呷った。これほど強い酒を平然と、どこか不機嫌そうに呑み干す。旨いと何度も口にするが、しかめ面のままだった。

「ん」

そうして、杯を差し出されては注いで。それを繰り返しながら夜は深くなっていった。

◆

構えるでもなく、だらりと腕は放り出している。甚夜が近付くと、腰を抜かした水城屋の店主は、尻餅をついたまま後ろに下がった。

「近頃、奇妙な事件が増えている。酒に酔って凶行に走る……皆、ゆきのなごりを呑んだ者達だ」

「あ、う、あ」

「まともな酒ではあるまい。どこで手に入れた」

店主が更に後ろへ下がろうとするが、かちゃんと音が鳴った。背中には酒棚。これでもう逃げられない。冬の空気よりも冷たい鉄の輝きに、小さく悲鳴が上がる。

切っ先を突き付け、ゆっくりとにじり寄れば、相手は容易《たやす》く限界を迎えた。

「お、大山っ！　相模《さがみ》の大山の中腹に泉があって、そ、そこから湧き上がってる！　俺はそれを詰めただけで！」

「そうか、命がいらんか。その意地、見事だ。冥土まで持って行け」

「ひぃ⁉ 嘘じゃない、嘘じゃないんだ！ 本当に泉の全てが酒になってる、信じてくれ！」

甚夜は店の主人の様子をじっくりと観察する。

怯えてはいるが、嘘を言っているようには思えない。荒唐無稽ではあるものの、菊水泉の話もある。まともな酒でないのならば、由来がまともでなくても不思議はない。

「ならば、あの酒はなんだ」

「わ、分からねぇ。ただ、人を堕とす美酒だとかあの女は言っていた。最高に旨いが依存性が高く、呑み続ければ憎しみに取り込まれる。あれはそういう酒なんだ」

あの女。金髪の女が店に出入りしていたらしい。それが誰なのかは、何となく想像がついている。湧き上がる憎悪を必死に隠し、店主への尋問を続ける。

「他には」

「知らねぇ、本当に、何にも知らねぇ。あの女に聞いたのは、それが全部だ」

水城屋の店主は、もう少し真実に近い位置にいると思っていた。しかしこの口振りから察するに、上手く利用されているだけなのかもしれない。

「よく知りもしないものを売ったのか」

「の、呑み過ぎたら変になるってだけだ！ 適量なら普通の酒と変わんねぇ！ 酒なんだ、呑み続けりゃ体に悪いのは当たり前だろ⁉ 俺は売っただけで、呑み過ぎて体を壊そうが凶行に走ろうが、そいつの自業自得だろうが！　商人が売りもん捌《さば》いて金を稼ぐことの何が悪い⁉」

攻め立てるような勢いで店主が反論する。

甚夜は押されるどころか、さらに視線を冷たく変えた。

この男は、核心とは程遠い場所にいる、単なる売り子に過ぎない。

はずれ、か。肩透かしを食らい、眉間の皺が深くなった。それでも刀を仕舞うことをしなかったのは、少なからず苛立っていたからだろう。染吾郎もまた不快さに顔を顰《しか》めている。

「……つまり、金の為？　なんや理由があるんかと思えば、ただの屑《くず》か」

激昂の熱が引くと、店主は哀れなほどに怯えていた。

後に残されたのは重苦しい空気のみ。沈黙の後、一度溜息を吐いて染吾郎は投げ捨てるように言う。

「ま、裏は取れたな。一連の騒動の原因はゆきのなごりや。まずは、ここの酒処分したら大山の方へ行こか」

「しょ、処分⁉　あんた何言ってるんだ⁉」

「なにって、当たり前やろ？　悪いとは思うけど、こないな危ない酒、放置はできんよ」

酒にまつわる事件を目の当たりにしてきたのだ、染吾郎の意見は当然だった。

処分するといわれて冷静ではいられない店主が食って掛かろうとしたが、甚夜が割り込んで止めた。

「少し待て。まだ聞きたいことがある」

言い切るよりも早く、尻餅をついてへたり込んでいた店主の胸ぐらを掴み、無理矢理に立たせる。その乱暴さに染吾郎も驚きを見せた。

「ひぃ……⁉」

「ちょい、君。なにしとる」

雑音が邪魔だ。

甚夜は周囲を無視して店主を問い詰める。

「最後にもう一つ。この店には金髪の女が出入りしていると聞いた」

そこまでは、あくまでも敵意だった。だが、金髪の女と口にした瞬間、甚夜の胸をなにかが焦がす。

敵意、憤怒などでは生温い。どろりと淀んだ、へばりつくような薄汚い情念。目に宿ったのは、濃密過ぎる憎悪である。

「女について、洗いざらい話せ」

店主は答えることができない。それどころか、呼吸さえままならなかった。いつまで経っても「あうあう」と訳の分からない喘ぎを漏らすだけ。いい加減、鬱陶《うっとう》しくなってきた。

「話せと言っている」

手は胸ぐらから首へ。そのままゆっくりと上へ、店主の体は左腕一本で釣り上げられる形になった。

ぎしぎしと骨の鳴る音。顔が赤から青黒くなっても、何も言おうとしない。

そうか、まだ話さないつもりか。ならば、その首の骨へし折って。

「待て、ゆうとる」

頬に衝撃が走った。

殴り付けられたのだと気付いたのは一拍置いてからだ。

染吾郎が右の拳を突き出したまま、動かずにこちらを睨んでいる。おそらくは全霊の拳だったのだろう。

人ならぬこの身は微動だにしない。痛みもほとんどなく、なのに敵に向ける冷徹な表情を少しだけ痛いと感じた。

「ええ加減離さんと、そいつほんまに死ぬで」

言われるままに左腕から力を抜く。

どさりと店主が落ちて、途端に咳き込みながら呼吸を始めた。もう少し時間が経っていたら、おそらく窒息死していただろう。

一度止まれば、次第に心も落ち着いていく。胸の憎悪は消えてくれないが、今は姿を隠してくれた。

そこまできてようやく自分が何をしていたのかに思い至る。

憎しみに囚われ無様を晒した。いつまで経っても何一つ変われない自分に嫌気がさす。

「金髪の女……なんかあるん?」

責めるような目でも、いつもの作り笑いでもない。ただただ静かな、鬼を討つ者としての顔がそこにあった。

「……いや」

「言いたないなら無理には聞かん。そやけど人殺してもたら、今度は僕が君を討たなならん。できれば、そないなことさせんで欲しい」

「そうだな、気を付ける」

空々しい声。頭で理解したところで、どれだけの意味があるのだろう。

結局憎しみは消えぬまま、今も己はそれに振り回されるだけの惰弱な男だ。力だけを求めて生きてきたはずが、何故こうも弱い。

「止めてくれて、助かった」

素直な気持ちだった。弱さのままに誰かを殺す。そのような間違いを犯さずに済んだのは、この男のおかげだ。簡素だが、そこには心からの感謝があった。

「やめてえや。殴っといて礼言われたら、なんやむず痒いわ」

内心をくみ取ってくれたのか、染吾郎も照れたような、自然な笑みで返す。

このような状況でも一瞬和やかな空気が流れ、がしゃんと、陶器の割れる音にそれもすぐさま消え去った。

「……やらねえ、やらねえぞ。これは俺の酒だ」

いつの間にか棚を支えにする形で店主は立ち上がった。その足元には壊れた陶器が飛び散っている。呑み干してから地面に叩き付けたのだろう、酒はほとんど零《こぼ》れていなかった。

「殺されてたまるか。俺の酒だ。江戸一番の商人になるんだ」

譫言《うわごと》のように呟きながら、ゆきのなごりを手に取り、喉の奥へ流し込むように呑む。

口から溢れても気にせず一本、また一本と手を伸ばしていく。

「あんた、なにやっとんのや。呑んだらあかん」

「うるせえ！　そう言って奪う気だろうが⁉」

酔っているのか、それとも単に殺されかけたが故の敵意か。制止など知ったことではないと次の酒に口を付ける。

「やめろ」

その姿に言い様のない不安を覚え、甚夜は小さく零した。

ゆきのなごりは正気を奪うのでなく、憎しみを煽る酒。どういう原理かは理解できないが、そういうものだ。だとすれば甚夜はそれの行き着く先を知っている。不安の正体は既視感だった。

「それ以上は呑むな。戻れなくなるぞ」

水城屋の店主は、呑み続ければ憎しみに取り込まれるがそれだけだと言った。だが、体なぞ所詮心の容《い》れ物にすぎぬ。そして心のあり様を決めるのは、いつだって想いだ。揺らがぬ想いがそこにあるのならば、心も体もそれに準ずる。心が憎しみに染まれば、容れ物も相応しいあり方を呈するが真理。人の身に余る憎しみがどういうものか、甚夜は嫌というほど見てきた。

「お、おぉぇ。うぉぉぉぉあああ」

店主の呻きは唸り声に変わっていく。

肥大化する肉が衣を破り突き出てくる。もはや彼は人と呼べない姿をしていた。

「なあ、これ、まずいんちゃう?」

「ああ……」

降り積もる想いは、まるで雪のようだ。たとえ人為的に植えつけられたものだとしても、一面に積もればかつての心など埋もれてしまう。

おお、おお、と呻く異形。酒にのぼせたような赤い肌。崩れ落ちる容貌。隆起する骨。

ゆきのなごりとはつまり、本当の心を白く染め上げる雪のような憎悪。だから、これは当たり前の変化だ。

「憎しみを植えつける酒。取りも直さず、ゆきのなごりは鬼を生むための酒だった」

異形は憎しみをむき出しにして、甚夜を見据える。見開いた目は、夜にあってなおも赤々と輝いていた。

「少量ならば問題はない。憎しみなど誰もが抱くものだ。しかし、それが過ぎて憎悪に囚われたなら鬼へと堕ちる」

「ゆきのなごりもおんなじ、呑み過ぎれば鬼になるって訳やね」

「ああ」

冷静に会話をしているように見えて、甚夜の胸中は焦燥で満ちていた。重蔵は毎晩ゆきのなごりを呑んでいると、善二が言った。それが本当ならば、いずれあの人も。敵を前にしてあるまじき動揺だった。

◆

「お、お父様⁉」

深酒がいけなかったのか、重蔵は俯き、体を震わせ、唸り声を上げていた。

「ぐぅ、おお……」

「ちょっと、誰か。誰かいない⁉」

声を張り上げても人は来ない。呑み過ぎたにしても、この様子は明らかに異常だ。放置すれば、最悪の事態もあり得る。

「お父様、待っていて。すぐお医者を呼んでくるから」

奈津は慌てて動き出し、しかし重蔵本人が立ち塞がった。

いつの間にか唸り声も体の震えも止まっている。もう大丈夫なのだろうか。父の表情を覗き見て、それが勘違いだと気付く。

ぼこぼこと重蔵の着物の下で何かが動いている。違う、体の形が変わってきているのだ。骨が肉が肥大化し、次第に人ではなくなっていく。

「あ…あ……」

異形を見るのは初めてではない。驚きは小さく、恐怖もなかった。

湧き上がった感情は、強いて言うなら悲しみだろうか。

「なんで……」

昔は、素直に向き合えなかった。けれど少しずつ歩み寄り、血は繋がらなくても二人は親娘になった。誰に恥じることもない。今では胸を張って、重蔵が大切な父だと言える。

なのに、と奈津は悲しくて小さな悲鳴を漏らす。

『……ん……たぁ』

目の前にいるのは、心から信頼し敬愛する父のはずなのに。

何故、そこに鬼がいるのだろう。

6

寒々とした蔵の中に獣の呻きが響く。

眼前には七尺を超える鬼。急激な変化に肉体が付いていかないのか、腕や足の長さが左右で違う。辛うじて人型を保っているからこそ、左右非対称の四肢《しし》は奇妙に映る。着物は肥大化した肉に耐え切れず破れ、その下から灰色の皮膚が覗いていた。

「……菊夫といったな、確か」

かつてこの蔵で斬った鬼を思い出しながらぽつりと呟けば、鬼に突き付けた切っ先が僅かに揺れる。動揺の為か、怒りの為かは甚夜にもよく分からない。

ただ、声はいつも以上に硬く昏《くら》く、敵意に満ちていた。

間違いない。水城屋の店主は、ゆきのなごりを呑めば鬼になると初めから知っていた。

酒は泉から湧き上がったものを詰めただけだという。ならば、どうやって知り得たのか。酒を買った者がそうなったと聞いたのか。いや、まさか。この男が商売人ならば、得体の知れないものをいきなり売りつけはしない。だとすれば答えは決まっている。

「小僧に、ゆきのなごりを呑ませたか」

売りに出す前、ゆきのなごりがどういうものかを知るために、この男は店の小僧に酒を呑ませたのだろう。その小僧の名前が菊夫。かつて蔵に住み着いた、童の鬼だ。

おお、おお、と聞き取りづらい呻きを発しながら鬼は身じろぎをする。

行き着く先を知りながら売った。その末路だ、哀れとも思わない。

あれは斬り捨てるべきもの。早々に片付けねばならぬと、甚夜は過剰なまでに強く柄を握りしめる。

咆哮《ほうこう》と共に突進する異形。駆け出した瞬間に蔵の地面が陥没するほどの踏み込みだ。

七尺を超える巨体へと変容した鬼は、その体躯《たいく》に見合わぬ速度で甚夜の間合いを侵す。それを可能とする規格外の筋力。ならば繰り出される拳もまた規格外の代物である。

体勢は低く、鬼の脇をすり抜けるように前へ進み、立ち位置を入れ替える。そのまま鬼が振り返る前に斬り、いや、遅かった。振り返るよりも早く斬るはずが、鬼の目は既にこちらを捉えている。

ぶぉん、と空気が唸る。

拳と呼ぶのもおこがましい、ただ振り回すだけの攻撃。それすら致死の一撃へと変える鬼の膂力《りょりょく》。しかし退かない、そんな暇はない。

こいつをさっさと斬り伏せ、急いで須賀屋に向かわねばならないのだ。

逃げずに一歩を踏み出す。腕を掻い潜りながら距離を潰し、逆袈裟《ぎゃくけさ》に斬り上げる。

確かな手応え。刃が肉に食い込み、ただ流れた血の量は少なかった。浅かった訳ではない。単に皮膚が予想より硬かっただけ。傷は負わせたが相手の動きを止めるには至らなかった。

意味の分からない叫びと共に、鬼は上から下へと殴り付ける。

時間が無い、多少の手傷は覚悟の上で迎撃する。

迫る拳、避けきれない、関係あるか。右肘を突き出し半身になる。足の裏で地を噛むと同時に前傾、肘を起点に前腕を伸ばし、全身の連動で斬撃を繰り出す。

「がぁ……！」

避けられなかった拳が左の胸に突き刺さり、甚夜の剣も鬼の皮膚を裂く。

命を刈り取ることはできなかったが、こちらの傷も浅い。そう考えて、奇妙さに気付く。

鬼の拳が直撃して、しかし大した傷はない。

おかしい。あの豪腕だ、骨が折れて臓器が潰れても不思議ではない。なのに、あるのは多少の痛みのみ。疑問に思えば、答えるように染吾郎が一歩前へ出た。

「君、攻め手が雑やな」

右手には福良雀《ふくらすずめ》の根付《ねつけ》が握られている。

冬の雀は寒さから身を守るため体の毛を立てて羽毛の層を厚くし、空気を重ねて体温の低下を防ぐ。その外見はでっぷりと肥え太っているように見え、これを福良雀と呼ぶ。福良雀の羽毛は寒さから身を守るため。つまり、付喪神《つくもがみ》が有する能力は防御力の向上。以前見せた、染吾郎の人では考えられない耐久力も、福良雀の力だったのだろう。

「すまん、助かった」

「別にかめへんよ」

一呼吸を置いて、再び空気が唸る。

短い会話を断ち切るように鬼は甚夜へと拳を振るう。

脇構え、微かに腰を落とし、足の裏に力を込める。後ろには退かない、前へと進みながら打点をずらし唐竹一閃。

裂ける肉。まだだ、踏み込み左肩で鳩尾《みぞおち》を狙い、全霊でぶち当たる。

僅かに後退する鬼。好機、さらに一歩を進み逆袈裟に斬り上げる。

「行きぃ、かみつばめ」

夜の空気を裂く燕《つばめ》が一羽。甚夜の剣戟と合わせるように直進する燕は、鬼を斬り刻む程の力を秘めている。

燕と刀、異なる刃が鬼を襲う。

咆哮と共に鬼はもがくように腕を振り回す。たったそれだけで、燕も刀も容易《たやす》く薙ぎ払われてしまう。

刀を横から叩かれ僅かに流れた体勢。直さぬまま強く柄を握り、力任せに鬼の首を狙う。

剣先が突き刺さるも貫くには足らない。硬いからではなく、体勢が崩れたまま突きを放ったためだ。力が乗り切っていなかった。

「……こいつ。生まれたての割に妙に強い。なんやおかしない？」

鬼の反撃を避けつつ、軽い舌打ちと共に後ろへ大きく距離を取る。

追撃はない。相も変わらず呻き声を上げる鬼。所詮は下位の鬼、なんの異能も持ち合わせてはいない。

ただ、この鬼は膂力に優れ、動作も反応も速い。特別なところは何もないが、だからこその強さがある。生まれたばかりの鬼にしては、いささか強すぎた。

「案外、端《はな》から仕組まれていた……いや、仕込まれていたのかもしれん」

「ん？　それって」

その理由を、何となくではあるが、甚夜は察していた。

もしも金髪の女が甚夜の想像した誰かならば。

養老の青年は功徳によって菊水泉へと辿り着いたが、水城屋の店主は金髪の女に拐《かどわ》かされてゆきのなごりを得た。だとすれば酒の泉は湧き出たものではなく、女によって「造られた」と考えた方が自然。女は呑めば鬼へと化す酒だと知りながら、ゆきのなごりを世に広めた。一方で彼女は、自身を憎み追う男を知っている。対策は取ってしかるべきだ。

水城屋の店主は、酒の正体に気付くであろう誰かを塞き止める防波堤として彼女にいじられた。初めから人ならざるものへ変じる為の何かを仕込まれていたのかもしれない。

その仮説が正しいのならば、酒の泉の正体もおおよそ読める。

「使ったのは頭か、それとも体の方か」

呟きは憎しみに淀んでいる。過《よぎ》った想像に甚夜はぎりと奥歯を噛み締めた。

いずれ全ての人を滅ぼす災厄となる。

あの娘は、着実に鬼神への道を歩んでいる。そう感じられて、憎悪と共に形容しがたい感情が湧き上がる。締め付けられる心臓は、いったい何に由来したのだろうか。

「……君、なんや焦っとるな」

問うても答えないと思ったのか、それとも気遣ってくれたのか。染吾郎は甚夜の呟きを聞かなかったことにしてくれた。

それに感謝し、大きく息を吸い込む。冬の冷たい空気で肺を満たし、一気に熱を吐き出せば多少は心も落ち着いてくれた。

「奈津の父親は毎晩のように酒を呑む」

「お嬢ちゃんの？　なーる、そらまずい」

それだけで焦燥の訳を悟り、染吾郎もまた表情を変えた。

目の前で鬼へ変じた者を見たのだ。甚夜の想像は決して有り得ない話ではない。

「ほんなら甚夜、行きぃ。こいつの相手は僕がしたる」

一瞬の逡巡《しゅんじゅん》の後、染吾郎は力強くそう言った。

それが甚夜を慮《おもんぱか》ってのことであるとは分かっている。この鬼はそれなりに厄介だ。幾ら鬼を討つ者であっても人の身では。

「秋津染吾郎」

「なんや、その顔。もしかして僕じゃ、この鬼に勝てんとか思とる？」

図星を指され言葉に窮する。

すると戦いの最中にあって染吾郎は朗らかに笑った。

「舐めたらあかんよ。人って、結構しぶといで？　多分、君が思とるよりずっとね」

言いながら懐から短剣を取り出して示してみせる。

一尺程度の両刃。武器として使えるか怪しく、染吾郎の体術は並程度。そんなものを持ったからといって戦えるとは思えなかった。

「だから、君はお嬢ちゃんとこ行きぃ」

「だが」

「言っとくけど、鬼如きに心配されるほど秋津の業《わざ》は拙《つた》なないよ」

一転眼光が鋭く変わる。

それすらも気遣いだ。どうする、などと考えること自体が彼に対する侮辱。なにより冷静な思考力を欠いた今の甚夜では、残ったとしても大して役には立たない。

ならば答えはもう決まっていた。

「……感謝する」

染吾郎を置き去りに、蔵を後にする。

背後で激しい音が聞こえた。鬼が襲い掛かろうとしたところを染吾郎が阻んだのだろう。

「おーおー、せいぜいしてや。お嬢ちゃんとこって須賀屋やろ？　終わらせたらすぐ追うわ」

軽い調子の科白《せりふ》を背中に受けて、さらに速度を上げる。

彼の心意気を無駄にはできない。

甚夜は雪が敷き詰められた夜道を駆けていった。

多分、自分は足が遅いのだろう。

江戸の町は雪に覆い尽くされて、流れる風は刃物のように鋭い。今も雪は止むことなく、夜は灰色に染め上げられていた。

降り積もった雪を踏みしめながら、甚夜は須賀屋へと向かう。

遠い昔、まだ人であった頃。あの夜もこうやって走っていた。しかし惚れた女に、大切な家族に、この手は届かなかった。どれほど急いでも間に合わないことの方が多かった。

それでも走る。

かつて見捨ててしまった父。もしかしたら妹になったかもしれない娘。今更取り戻せるものではなく、間に合ったとて得る物などない。全てだと信じた生き方から横道に逸れて。何がしたいのか時々分からなくなる。しかし、重蔵と奈津は家族として時を刻んでいた。それを嬉しいと思えた自分がいた。ならば意味を今は理解できずとも、ここで立ち止まってはいけない。

雪に足をとられる。身を裂く風に皮膚が痛む。冷え切った体が動かしにくい。

そんなものはすべて無視して駆け抜け、ようやく見えた懐かしい場所。灯りの落ちた須賀屋に嫌な予感が膨れ上がる。

正攻法など取っていられない。閉じられた扉へ全霊の当て身。閂《かんぬき》は折れ、そのまま扉を突き破る。彼等のいる場所ならば分かる。あの人はいつも自室で酒を呷《あお》っていた。

遠い記憶を頼りに進めば、床を踏む度に嫌な音がする。

まるで廃墟のようだ。過った想像を即刻捨て去り、ついに目的の場所へと辿り着いた。

「なんで……」

障子越しに聞こえてきた、震える奈津の声。血液が沸騰し、既に足は動いていた。

乱雑に戸を開け部屋に飛び込む。

まず目に入ったのは、腰を抜かしその場にへたり込む奈津の姿。揺れる瞳を追っていけば、赤黒い影が視界に入り込む。

『じ、ん……たぁぁぁ……』

爛《ただ》れた皮膚を持つ醜い鬼は、今まさに奈津へと手を伸ばそうとする瞬間だった。

〈疾駆〉――――かつては間に合わなかった、だが今は誰よりも何よりも速く駆け出すための力がある。強くなりたいと願い、多くを踏み躙《にじ》って得た異能。一歩目から最速を振り切った。人の身では為し得ぬ速さが鬼までの距離を消し去る。

刀を抜くのも邪魔くさい。拳を握り締め、速度を殺すことなく全て乗せ、狙うは醜い鬼の面だ。

「あぁぁ！」

絶叫と共に振り抜いた拳は、正確に異形の顔面を捉えた。

人の枠を食《は》み出た膂力と異能の速度が重なった一撃だ。耐えるなど叶わず吹き飛ばされる鬼。そのまま壁に衝突し、どさりと倒れ込んだ。

「あ…ああ……」

「奈津、無事か」

怖かったのだろう。焦点は定まらず、かちかちと奥歯が鳴っている。庇うように前へ立ち、油断なく鬼を見据える。

全力の拳だったが倒すには足らなかったらしい。ゆっくりと鬼は体を起こす。

『じ、んたぁ』

呻くような、遠い呼び声。

心がささくれ立つ。しかし鬼が眼前にいるならば、彼の取る行動は決まっている。

抜刀し、脇構え。どんな挙動も見逃さぬと心を落ち着ける。名を聞かなかったことに他意はなかった。そう思い込もうとしていた。

「やめ、て、甚夜」

背中から聞きたくなかった声が聞こえてくる。

言わないでくれ。分かっているから。しかし言葉にしない想いは伝わらない。

絞り出した奈津の叫びは、悲鳴と何も変わらなかった。

「その鬼は…お父様なの……！」

ああ、まただ。また、間に合わなかった。

◆

かみつばめは紙燕。元々は燕の形に切り抜いた紙に紐をくくり付け、振り回して遊ぶおもちゃである。

犬神にしろ、かみつばめにしろ紙でできているため持ち運びやすく、染吾郎はこれらを好んで使っている。奪われたといっても犬神は犬張子《いぬはりこ》の付喪神。代わりを用意するのは容易い。燕が切り裂き、犬が噛みつく。一定の距離を保ち、付喪神で鬼を責め立てていく。

しかし、鬼は襲い来る獣を薙ぎ払う。多少の傷は与えられたが、何の影響もなく動き続けている。

犬神には多少の再生能力と敵を察知する聴覚嗅覚が、かみつばめには速度とそれを維持したまの旋回能力がある。反面威力には欠け、眼前の鬼を討ちとるには足らなかった。

鬼は巨体に見合わぬ速度で進軍する。体術が得意でない染吾郎にとってそれは脅威だ。

間合いに入り込まれるのはちとまずい。犬神やかみつばめで牽制しつつ、立ち位置を細かく変えていく。

距離を詰めようとする鬼、距離を取ろうとする染吾郎。この構図が先程からずっと続いていた。

「いつまでもこのままって訳にはいかんよなぁ」

体力で勝るのは明らかに鬼の方だ。現状を維持していてはいつかはやられる。それを理解しながら、染吾郎は余裕の態度を崩さない。

「ま、そやからあいつ行かせたんやけど」

甚夜を行かせた理由はいくつかある。

奈津を心配し、甚夜を気遣ったのは事実だ。同時に、誰かに見られていては戦いにくいというのも本音だった。

「切り札は隠せるだけ隠すもんやしな」

今は慣れ合っていても相手は鬼。いずれは争うことになるかもしれない。そう思えば自身の切り札を晒す気にはなれなかった。

だが、いなくなった今は堂々と出せる。

手にした短剣。これが染吾郎の持ち得る最高の戦力である。

「ほないこか」

清がまだ唐と呼ばれていた頃、六代皇帝玄宗が瘧《おこり》にかかり床に伏せた。

玄宗は高熱の中で夢を見る。宮廷に跋扈《ばっこ》し、自身に取り憑《つ》く悪鬼。あるいはこの病も彼らの仕業か。ざわめく悪鬼に体を蝕まれていく。しかし、どこからともなく恐ろしい形相をした大鬼が現れて、悪鬼どもを難なく捕らえ喰らった。

玄宗が大鬼に正体を尋ねると、鍾馗《しょうき》と名乗った大鬼は言った。

〝かつて官吏《かんり》になるため科挙を受験したが落第し、そのことを恥じて宮中で自殺した。だが、高祖皇帝は自分を手厚く葬ってくれた。その恩に報いるためにやってきた〟

夢から覚めた玄宗は、病気が治っていることに気付く。感じ入った玄宗は著名な画家の呉道玄《ごどうげん》に命じ、彼の絵姿を描かせた。その絵は、玄宗が夢で見たそのままの姿だったという。

玄宗は自身の命を救ってくれた鍾馗を神として定め、疫病除けの神として祀《まつ》られるようになる。

この話は後に日本へ伝わり、鬼を払うという逸話から端午《たんご》の節句に彼を模した人形を飾る風習が生まれた。

染吾郎が取り出したのは、鍾馗の人形が持つ短剣だ。

「おいでやす、鍾馗様」

その付喪神は鍾馗そのもの。厄病を払い、鬼を討つ鬼神である。

現れたのは力強い目をした髭面の大鬼。金の刺繍が施された進士の服をまとい、手には染吾郎の持つ短剣と同じ意匠《いしょう》の剣がある。

冬の冷たい空気の中、大鬼のいる場所だけは違う。温度が高くなった。そう錯覚させるほどの威圧感だった。

その尋常ではない気配を敵の鬼も察知したのか、じりじりと警戒しつつにじり寄ってくる。

そして弾かれたように駆け出す。躍動する筋肉。狙う先には鍾馗がいる。引き絞られる背筋、反動で繰り出される拳はまるで矢のようだ。

狭い蔵に響く鈍い音。眼前の敵を貫かんと放たれた鬼の拳は見事に直撃した。

しかし、大鬼は微動だにしない。

「その程度じゃあかんなぁ」

それが分かっていたからこそ、染吾郎は余裕の態度を崩さずにいる。

断っておくが、鍾馗に特別なことはできない。福良雀のような防御力の向上、犬神の再生能力、合貝《あわせがい》の蜃気楼。他の付喪神が皆特異な力を持つ中、鍾馗にだけはそういった付加能力はなかった。かみつばめほど射程距離もなく、せいぜいが一間程度。元も短剣でそれなりに重さがあり、正直なところ使いやすいものではない。

それでも鍾馗は染吾郎の切り札である。

伸びきった腕をすくい上げるように弾く。そして流れるような動作で鍾馗は身を縮こまらせた。力を溜め込み、狙うは頭。

「悪いけど、これでしまいや」

視認すら難しい速度で振るわれた剣、通り過ぎた後には何もない。鬼の頭部は斬られたのではなく、消し飛んでいた。

繰り返すが特別な異能ではない。ごく単純な強さ。それこそ鍾馗の全てである。

遅れて鬼はその場に崩れ落ち、白い蒸気が立ち昇る。後はその死骸が消えるのを待つばかりだ。

「嫌なもんやな。目の前で堕ちた人を討つんは」

つい先ほどは人として会話していた。鬼に堕ちたとはいえ、命を奪うにはやはり抵抗がある。

苦々しく鬼の死骸を眺め、完全に消え去ったのを確認してから背を向ける。

「大丈夫やとは思うけど、急がなあかんか」

蔵を後にする。次の行き先は須賀屋だ。

ゆきのなごりは人を鬼に変える。もしかすると、後味の悪い結末になるかもしれない。

ほんの少し表情が歪む。足取りが重いのは、敷き詰められた雪のせいだけではなかった。

◆

敵は決して強くはない。先程蔵でやり合った鬼に比べれば、速さも力も感じない。技術も知能もなく、非常に与《くみ》しやすい相手だ。

なのに避けきれない。

繰り出される拳、左腕で防ぐも鬼の膂力だ。肉は抉《えぐ》れ骨が軋《きし》んだ。

返す刀。駄目だ、遅い。幾多の鬼を討ちとってきた夜来は、ひゅんと頼りない音を鳴らして空を切った。

「く、そ……」

息が荒れる。足が腕が重い。体が思うように動いてくれない。

鬼との攻防は既に数合。甚夜は満身創痍、対して向こうは刀傷の一つもない。

あまりにも無様な、戦いとも呼べぬ一方的な展開だった。

呼吸を整えようにも鬼は止まらない。

見えている。反応も出来る。脇構えから一歩引き、刀を振り上げる。踏み込み幹竹一閃。無防備な脳天を全霊で叩き斬ればいい。相手は避けようともしない。これで終わりだ。

なのに、不器用でも優しかったあの人が思い出され、躊躇《ためら》いが切っ先を鈍らせ、鈍った刀を越えて鬼の拳が突き刺さる。

「がっ、はぁ」

見捨てるしかできなかった父に、家族ができたと知れて嬉しかった。

今の幸福を喜べたから、不肖の息子でも、あなたの子供だったと信じられた。

長い年月を経て再び出会えた時、重蔵に言われた。

奈津は血こそ繋がっていないが、本当の子供と同じくらいに大切な娘だ。しっかりと守れ。

その意味を間違えない。奈津が大事だと言いたかっただけではなく、本当の息子もまた大切に想っているのだと父は言ってくれたのだ。

「ぐ、あぁ！」

苦し紛れに振るう刀は当たらない。

もしかしたら、当てる気が無かったのかもしれない。刀は不甲斐なく空を切る。

隙をついて拳が腹に叩き込まれる。内臓がいくつかやられ、舌に鉄錆の味が広がる。耐え切れず吐血した。

意識が途切れそうだ。足が動かない。その隙を鬼が見逃すはずもなく、まずいと思った時にはもう遅かった。

衝撃に体が宙を舞う。派手に吹き飛ばされ、甚夜は壁に叩きつけられた。

背中に広がる鈍痛、そのまま壁を背もたれに座り込むようにくずれ落ちる。指先まで痺れている。動くどころか顔を上げることさえままならない。

『じ、たぁ』

見えなくても気配は感じられる。唸り声をあげながら、鬼は獲物を殺すために動き始めた。

「あ、がぁ……」

じりじりと迫る命を刈る者。それを理解しながらも、逃げる余裕さえない。

本当に無様なものだと甚夜は自嘲した。

いずれ葛野へ戻る鬼神を止めると誓った。多くのものを斬り捨て、踏み躙り、喰らい尽くし、あの頃より少しは強くなったつもりになっていた。

なのに何故、切っ先は鈍る。これまでさんざん斬ってきたのに、なんで一匹の鬼さえ討てない。鬼となったが、人の心は捨て切れなかった。その捨て切れなかった心に、どうしようもなく追い詰められる。

どうして自分は、こんなにも弱いのか。

「あ、あ……」

指先に何かが触れた。酒瓶、ゆきのなごりだろう。

確かめようにも手を伸ばすことさえできない。本当に指一本動かなかった。

鬼神を止めるだの、けじめをつけるだの、大層なことをほざいておいてこれだ。騙し騙しやってきたが、所詮はこの程度の男だったのだ。

虚脱感が心身を襲う。なんだか疲れた。抵抗せずにいれば、楽になれるだろうか。

――やっぱり、甚太は私と同じだね。最後の最後で、誰かへの想いじゃなくて自分の生き方を選んでしまう人。

だけど、ふわりと鼻をかすめた酒の匂いに、何故か懐かしい女性の姿を思い出す。

不思議な感覚だった。あの頃は酒などやらなかったのに、その香りを嗅ぐだけで、彼女の幻影に手を引かれたような気がした。

火が灯る、というには細やかすぎる。それでも諦めかけていた心が揺れた。

ああ、そうだ。本懐を遂げずにここで終わるなど認められる訳がなかった。今更生き方を変えられるほど器用にはなれない。何よりここで自分を曲げるのは、今まで積み重ねてきた全てに対する侮辱だ。

「ぐ、あぁぁ……！」

手は自然にゆきのなごりを握り締め、軋《きし》む体を必死に動かす。

痛い、知ったことか。動け、動かないとしても動け。お前がこんなところで立ち止まっているなど許されない。己が誓いを違えるなどあってはならない。

ぎしぎしと体が鳴る。力が入らない。気を抜けば膝から砕けてしまいそうになる。それでも無理矢理に体を引き起こす。

「お、お父様、いや、こないで……」

その声に、ようやく立ち上がることができた。

鬼は標的を奈津に変えたらしい。部屋の隅で震える彼女の元へ歩みを進めていく。

重たい足取りで、それを阻むように甚夜は立ち塞がる。

鬼を睨みつけながら、怒りは自身に向いていた。

「じ、甚夜」

呼びかけには答えず、手にした酒瓶の口を指でへし折った。浴びるような乱雑さで呑み干す。

喉を通る冷たさ。まるで水だった。

「やはり、薄いな……」

初めて呑んだ時も思った、懐かしい風味はするが薄い酒だと。

今更ながらにその理由を理解する。

ゆきのなごりは鬼を造る、その起因たる憎悪を育て上げる酒だ。普段からもっと濃い味に慣らされているのだから、自分にとっては薄く感じて当然だ。

「気付《きつ》けくらいにはなった」

投げ捨てた陶器が、かしゃんと音を立てて割れた。

あの時程の激情はない。しかし憎悪は渦巻いている。

妹への、そして無様を晒した己への。

「あぁ、憎いなぁ……」

父が化け物となった。それだけで戦うこと自体を止めようとした弱い心が、たまらなく憎かった。

「奈津……」

呼びかけるが、続きはない。

今助ける。守る。大丈夫だ、安心しろ。

言えなかった。何一つ守れなかった男の言葉に、いったいどれだけの価値があるのか。誰かを守るなど、自分には過ぎたことだ。

代わりに、なすべきをなす。

どくん、と左腕が脈を打つ。

めきめきと嫌な音を立てながら甚夜の体が変容していく。

浅黒い、くすんだ鉄のような肌。袖口から見える、異常に隆起した赤黒い左腕。異形の右目は周りだけが黒い鉄製の仮面で覆われている。そのせいで異形の右目が余計に際立って見えた。

そして見開かれる、鉄錆の赤。

「名は聞かん。鬼を討つのは、私の役目だ」

どこまで行っても、甚夜にできることはそれしかなかった。

7

強くなりたかった。

そうすれば全てを守れると思っていた。


「あ、あ……」

背後にいる奈津の表情は見えない。しかし、そのかすれた声から怯えているのだと分かる。あの化け物に彼女が殺されるのを黙って見ているなどできなかったし、たとえ自我を失っていたとしても、父に娘を殺させるような真似はさせたくなかった。

だから甚夜は正体を晒した。

感傷のための戦い、なんという余分だ。そこに価値はなく、だというのに逃げる気には到底なれなかった。

「皮肉なものだ」

甚夜は相対する鬼の、左右非対称の姿をまじまじと見る。その歪《いびつ》さは、左腕だけが肥大化した彼自身とよく似ている。親子で同じような形の鬼になるとは、本当に皮肉な話だ。

思えば父の人生は、鬼に奪われてばかりだった。

妻は鬼に犯され、生まれた鬼女に命を奪われた。息子は鬼女の手を取って出て行った。鬼へと堕ち、自分自身を失くした。そして今、鬼に命を奪われようとしている。

「鬼を、討つ」

左腕に力を籠め、もう一度、自身の退路を断つように宣言する。

口にしなければ揺らいでしまいそうな決意。軟弱な心をひた隠すように構えを取る。

刀を持った右腕はだらりと放り出す。普段は好んで脇構えを取るが、鬼と化せば左腕は刀を超える武器となる。ならば両手を使える方が有利だ。

その構えが隙だらけに見えたのだろう。鬼は憎悪を孕《はら》んだ目で甚夜を睨《ね》め付け、隠しようもない殺意を放ちながら無警戒に突進してくる。

だが、もう躊躇《ためら》いはなかった。

「がぁっ！」

まるで落ちている小石を拾うように無造作な動きで、甚夜は間合いに入った鬼の頭を鷲掴みにし、全力で床へ叩き付ける。

畳が拉《ひしゃ》げ、鬼の頭部がめり込むが、床の方が弱かった。簡単に突き抜けてしまい、鬼の頭蓋はまだ潰れていない。そのまま鬼を高々と掲げ、勢いをつけて放り投げる。部屋の壁を突き破り、庭へと飛んでいく。

相手はすぐさま体を起こすが、こちらを見てはいても、その場から動けずにいた。

所詮は下位の鬼、喰うにも値せぬ。いたぶるのも性に合わない。早々に終わらせるとしよう。

「……〈剛力〉」

ぼこぼこと煮えたぎる湯のような音を発しながら左腕が隆起する。骨格すら変容し、一回り大きくなったところで変化は止まった。

「せめてもの手向《たむ》けだ。一瞬で終わらせよう」

救いはない。ならばせめて早々に蹴りを付ける。

あなたが、苦しいと思う暇などないくらいに一瞬で。

『じ、たぁ』

動じるな。あれはただの呻き声だ。

一つ呼吸をして、ゆっくりと庭へと足を踏み入れる。

一歩。そう言えば昔、この庭でよく遊んだ。

二歩。父親は忙しいながらもよく付き合ってくれた。鈴音と一緒に走り回ったこともあった。

三歩。奈津と並んで縁側に座り、握り飯を食った。不器用な優しさが微笑ましくて、ただの握り飯がやけに旨く感じられた。

四歩。その全てを、他ならぬ己自身の手でぶち壊す。

後悔しないかと問われれば、答えに窮する。だが、そうと決めた以上、意思を曲げることもできない。

五歩、六歩と距離を詰める。

がくがくと膝を震わせる鬼。逃げられないと判断したのか、最後の足掻きとばかりに襲い掛かってくる。

『じん、たぁっ……！』

心が冷えていく。その分、動きがよく見える。

ゆっくりと左腕を後ろに退き、背筋に力を溜め込む。

鬼は真っ直ぐにこちらへ向かっている。

そして間合いを侵した瞬間、

「さようなら、父上」

踏み込みと同時に振るう剛腕。限界まで逸らした背筋、その瞬発力を持って放たれた拳は鬼に突き刺さり、上半身が爆《は》ぜたように弾け飛んだ。

拳に伝わる生温かさが死を強く実感させる。倒れ込んだ鬼から白い蒸気が立ち昇っていた。

そこにあるのはただの肉塊。元がどんな姿をしていたかなど分からない程に無惨な死骸だった。

父の面影はどこにも見出せない。そうしたのは他ならぬ己だ。後悔はしない、してはいけない。

ただ踏み躙った命ならば、これから背負っていかなくてはならない。

一度息を吐き、ゆっくりと冬の空気を吸い込む。少しでも平静な表情を作り、重蔵の死骸に背を向ける。

「奈津……？」

奈津もまた庭へと出て来ていた。まだ少し震えており、俯いて立ち尽くしている。父に殺されようとしたのだ。それも仕方あるまい。

「もう、終わった。無事でよかった」

少しでも安心させようと、甚夜は歩きながら穏やかに語り掛ける。

しかし、絞り出すような声に足が止まった。

「ちか、よるな」

奈津の体の震えが、さらに大きくなる。いったい、なにが。思うよりも早く、向けられた目に、その胸の内を理解した。

濁った瞳からは恐怖など微塵もない。代わりにあったのは、慣れ親しんだ感情だ。

「近寄らないで化け物っ！」

明確な憎悪を伴って吐き出されたそれに、甚夜は完全に固まった。

自分が鬼であると分かっているつもりだった。なのに、その意味を忘れていた。

鬼でありながら人を娶《めと》った友人がいた。人と鬼でありながら親娘になれた家族を知っている。鬼を討つ者でありながら鬼と語り合える男と共に戦った。

けれど、それらはあくまでも例外にすぎない。人にとって鬼は討たれるべきもの。本来は奈津の態度が正しい。どこまでいっても人と鬼は相容れず、真の意味で共にあるなどできはしない。

長い年月を人の中で過ごしたからといって、受け入れてもらえるような気になっていた。

「お父様を、あんたは、お父様を……」

奈津は喜兵衛でゆきのなごりが振る舞われた時、呑んではいなかった。つまり、彼女の憎悪は酒を呑んだからではない。

守ったつもりだった。しかし彼女にとって甚夜は、父を殺した化け物でしかない。そんなことにも頭が回らなかった。

それでおしまい。

結局は何一つ守れない。愚かで滑稽な男が、またしても道化を演じた。

終幕は、いつも通りといえば、いつも通りだった。


「お、甚夜？」

須賀屋を出て雪の夜にしばらく立ち尽くしていると、遅れて染吾郎が店の前についた。

「強敵やったみたいやね」

「ああ、正直死んでしまった方が楽になれると思ったほどだ」

「君にそこまで言わせるとか、尋常やないな」

染吾郎の反応はどことなく含みがあった。

傷だらけの姿を見て、戦いの苛烈さを想像したのか。それとも甚夜の表情に何かを察したのかは、判別がつかない。追及はなかったため、特に説明もしなかった。

「そやけど、ここにいるってことは、もう終わったんやろ？」

「……ああ、終わった。後は、大本を片付けるだけだ」

それきり会話は途絶えた。

降り止まぬ雪が江戸の町に積もる。

甚夜は灰色に染まる景色をぼんやりと眺めた。

このまま自分も雪に染まってしまえればいいのに。

益体《やくたい》もない考えが浮かんでしまう程、彼は疲弊しきっていた。


相模国にそびえ立つ大山は、富士山に似た美しい山容をしており、古くから庶民の山岳信仰の対象とされた。大山の山頂には阿夫利《あふり》神社本社、中腹には阿夫利神社下社。下社をさらに下れば大山寺が建っている。別名を「雨降山」ともいい、古くより雨乞いの神の住まう土地として農民からの信仰を集めていた。

「ちょ、ちょい待って。もうちょいゆっくり歩けへん？」

今日も雪が降り続け、黄昏《たそがれ》時ともなれば本当に暗い。少し先も見通せない暗がりの山道を二人は歩いている。できる限り早く酒の泉へと辿り着こうと無茶な行軍をしてきたが、ここに来て染吾郎が弱音を吐いた。

「急いだ方がいいと言ったのは、お前だろう」

「そらそやけど。ここ数日、歩き詰めやで？　僕は普通の人なんや。君と一緒にせんとって」

確かに、人と鬼では体力には差があり過ぎる。仕方ないと少し速度を落とす。

曇り空は黒に染まろうとしている。目的の場所に辿り着く頃には、完全に夜となるだろう。

「もう夜になるな」

「まー、そこらへんは勘弁したって。それに怪異の大本に行くんや。夜の方が、らしいやろ？」

軽口だが事実でもある。怪異がその姿を見せるのは夜。ならば彼の言う通り、案外ちょうどいいのかもしれない。

「ところで、聞きたいんやけど」

「なんだ」

荒い息をしながら、それでも喋ることを止めようとしない染吾郎に、甚夜は呆れて溜息を吐いた。話せばそれだけ体力を消耗する。黙って進めばいいものを。

そう思いながらも耳を傾ければ、彼は歩きながらさらりと言った。

「君、ゆきのなごりが何なのか、見当ついとるんやろ？」

まるで茶飲み話でもするような気軽さで核心を突かれた。沈黙を答えにして、染吾郎は勝ち誇っている。

「やっぱな。なーんとなくそうやとは思っとったけどね」

気付かなければ、最後まで黙っていようと思っていた。けれど「教えてくれるんやろな」と続けた彼の表情は真剣だ。誤魔化しは通用しないだろう。

小さく息を吐き、覚悟を決めた。

「そもそも、酒はどうやって造る？」

「んん？　そら蒸した米で麹《こうじ》つくって、水にぶち込むんやろ？」

「いささか大雑把だが、その通りだ。ならば、ゆきのなごりも同じように造るのだろう」

ここから先はあくまでも仮説にすぎない。その為、過程には多少のずれがあるかもしれない。とはいえ、大きくは外れていないと思う。特に酒を造る原料と、それを為した元凶。少なくともこの二つだけは間違いない。

「いやいや、あほなこと言わんといて。そんなんでどうやって酒の泉なんてつくんの？　泉に麹ぶち込んだからてどうにもならんやろ」

「ぶち込むのが麹でなければいい」

その荒唐無稽さに染吾郎はあんぐりと口を開けた。

実際どのような手段を用いれば酒の泉なんぞができるか、甚夜には想像もつかない。ただ、「人を鬼に変える酒」ならば、造り方は何となく分かる。

「混成酒というものがある。果実や香草、薬草の類を漬け込んで風味を加える酒だ」

「それって梅酒とかのことやろ？　……って、あー、そゆこと」

その物が内包する性質を酒に溶かすには、長い時間漬け込むのが最も手っ取り早い。ならば、人を鬼へと堕とす酒を造るにも同じはずだ。

何を言いたいのか察し、染吾郎は苦々しく表情を歪める。

「つまるとこ、人を鬼に変える何かが漬け込まれとる、って訳や」

「ああ。おそらく泉には、非業の死を遂げた骸《むくろ》が沈められている」

あの酒には誰かの心が溶け込んでいる。

呑めば呑むほど負の感情は内に溜まり、いずれその身を鬼へと変える。

つまりゆきのなごりは、ありきたりな言い方をすれば、死者の無念でできた酒だ。

「お前が言った、物にも想いが宿ると。ならば骸に宿った想いが、水に溶け出すことだってあるだろう」

「なーる。んで、それをやったのが金髪の女？」

「おそらくは、な」

勿論、死体を沈めた程度で泉が酒に変わることはない。金髪の女が手を加えたからゆきのなごりになった。同時に、そいつが想像した通りの女ならば、泉に沈む骸の正体にも心当たりがある。最初は憎しみでできた酒だから、懐かしく感じたのだと思った。けれど本当は違ったのかもしれない。

「ほんでも、人を鬼に変える想いなんて嫌な話やなぁ。どんな恨み抱えて死んだんやろか」

「そう言ってくれるな。結果として鬼を生む酒になったが、骸の本意ではないんだ」

「は？」

「この匂い。近いな」

染吾郎が聞き返すも、それを無視して山道の奥へと進んでいく。

木々をかき分けるように踏み入れば、山の中腹に位置する開けた場所へと辿り着く。

「これは……」

息を呑んだのは誰だったろう。

微かに漂う酒の香。

森の天井は大きく開けられて、灰色の雲からはちらりちらりと雪が降る。

不意に風が吹いて、ざあ、と森が揺れる。

朽ち果てた木々が浮かぶ透明な泉。たゆたうように湖面を舞う光は蛍か、それとも鬼火か。

曇天に覆われ星すらない夜。今も止むことのない雪とゆらり揺れる白光。

眼前に広がるのは、まるで彼岸に訪れてしまったかのような、あまりにも現実感のない優美な光景だった。

「こら、すごい……」

鬼を造る酒に満ちた泉は、そのおぞましさとは裏腹にあまりにも幻想的で、染吾郎はぽかんと口を開けて魅入っている。

甚夜もまた見惚れていた。美しく、見たことが無いはずなのに、どこか懐かしい。広がる絶景が、仮説を確信に変えた。

「こんな景色を造れる想いが恨みやとは到底思えんなぁ」

「だから言っただろう」

応える声は、自分でも驚くくらい柔らかい。江戸の噂に語られる鬼を斬る夜叉ではない。朴訥《ぼくとつ》な、ただの青年のものだった。

「鬼になる酒が生まれたのは、そういう形の方が目的を達しやすかったからなのか。あるいは金髪の鬼女に造り替えられたのか。それは私にも分からん。だが、少なくとも悪意はなかったはずだ」

甚夜は酒の泉に足を踏み入れた。凍えるほどに冷たいが、歩みを進め、その中心へ向かう。

「ただ彼女は見つけて欲しかった。待っていただけなんだ」

体をかがめ、おもむろに手を伸ばし、泉の底で眠る骸をゆっくりと抱き上げる。

「憎しみを煽り、淀ませ、人を鬼へと変え……」

温かさの感じられない白骨が壊れてしまわぬようにそっと触れ、甚夜は慈《いつく》しむように柔らかく微笑みを落とす。

「……そうしていればいつか、鬼を討つ者が止めてくれると信じていた」

骸には、頭蓋骨がなかった。

ゆきのなごりを呑み鬼へと変じた者達は、甚夜を率先して襲った。

そこに揺らがぬ想いがあったから。おそらく彼女は、見つけて欲しかった。

遠い昔抱いた、綺麗だったはずの想い。歳月を経て歪み、いつか鬼を生む酒へと変じてしまった心を切り捨ててほしかった。誰かが、ではない。止めてくれる者が誰かなど疑う余地もないくらいに、彼女は信じていてくれた。

「お前は。こんなになっても、俺を求めてくれたんだなぁ……」

――当たり前だよ、甚太。

酒の香気に、麗《うら》らかな幻聴に酔う。

体に染み渡る酒。きっと、そこには溶けだした想いがあった。憎しみを煽り、人を堕とす酒でありながら、甚夜には懐かしく感じられた。

――ごめんね、結局あなたを傷付けて。

「私は巫女守《みこもり》だ。いつきひめの為に剣を振るうのは当然だろう」

――……うん、ありがとう。

甚夜ではなく、甚太として、いつかの笑みを向けた。それを受けて骸は砂になり、冬の風に吹かれ空へと流れる。同時に酒の香気が薄れていく。

目的を達したからか。原因となった骸は天に還り、泉もまた自然のものへと戻ろうとしている。

――それじゃあね、甚太。

「……ああ」

名残惜しいと思う。

幻聴であっても彼女の声が耳をくすぐってくれた。骸だとしても彼女を抱きしめられた。

その心地好さが失われる。どうしようもない現実が、冬の寒さ以上に心を凍てつかせる。

だが、追い縋《すが》りはしない。彼女は既に過去だ。手を伸ばしたところでなにも得られないし、いつまでも立ちどまってはいられない。これまでも二人はそうだった。だからこそ想い合うこともできた。ならば彼女が隣にいないとしても、生き方は曲げられない。

「……おやすみ、白雪」

遠い夜空に言葉は溶けて、真っ白な雪がゆらりと揺れる。

泉に取り残された甚夜は天を仰ぐ。

空は灰色の雲に覆われて、青白い月は姿を見せてくれない。

けれどいつかのように夜空を仰ぎながら、消えていく雪の名残を見送った。

大山から江戸に戻って数日後、甚夜と染吾郎は深川の茶屋にて顔を合わせた。表の長椅子に並んで座り、茶飲み話に興じている。

「あれ以来、鬼の噂も乱闘やらも治まっとる。一応はこれで解決ってとこやな」

気楽に団子を頬張りながら、染吾郎は朗らかに笑った。

江戸の町からゆきのなごりは完全に姿を消した。大本が消えたせいなのか、既に売りに出された酒も水に戻ってしまった。

当然ながら買った者達は騙されたと怒り、今ではゆきのなごりを求める客は全くいない。

「にしては、まだ江戸の民は浮足立っているように見えるが」

「そら仕方ないやろ。世相ってやつや」

染吾郎はあんぐりと口を開け、最後の団子を口に押し込む。茶を啜《すす》り一息ついたところで、馬鹿らしいとでも言いたげに肩を竦《すく》めた。

「近頃はお偉い方々が外国にへーこらしとるもんやから、それが不安なんやろ。まあ、鎖国なんていつまでも続けられるもんやないし、時代の流れなんやろな。なんにせよ、ゆきのなごりは関係ないと思うで？」

夜鷹も浦賀に来航した黒船の話をしていた。

列強諸国の存在、弱腰な幕府の対応。少しずつ徳川の治世は揺らぎ、この国は混迷の時代へと差し掛かろうとしている。鬼の存在にかかわらず、江戸の民は不安を抱えているのだろう。

「僕らにできるんは鬼を討つまで。時代の流れなんて、どうしようもないことやろ？」

「お前の言う通りだ」

そもそも甚夜にできることなど刀を振るう程度。あれこれと手を出せるほど強くはない。

それは染吾郎であっても同じ。個人の力など、より大きな流れの前では何の意味も持たない。

口惜しいが、仕方のない話だ。

「なんや、浮かん顔やね」

「まあ、な」

脳裏を過るのは大きな時代の流れではなく、小さな過去のこと。

今回酒の泉に使われていたのは体の方だった。しかし鈴音は葛野を出る際、白雪の首を持ち去った。だとすれば、もう一度白雪の骸《むくろ》が何かに利用される可能性がある。それを想像すると、事件の解決を手放しで喜ぶ気にはなれない。

「金髪の鬼女について考えていた」

「あー、そいつが今回の黒幕やしなぁ。またなんか企むかもしれん、ってこと？」

「ああ」

嘘は言ってない。鬼神を止める。それだけを考えて生きてきた。憎しみは、今も胸で燻《くすぶ》っていた。

「ま、考えてもしゃーないやろ。っと、ごちそうさん。ここ勘定置いとくで」

因縁など何も知らぬ染吾郎は、さらりとそれを受け流す。

不穏な気配くらいは察していたようだった。多分、気付かぬふりをしてくれたのだろう。

「ほんなら僕はもう行くわ。そろそろ帰らな弟子も心配するしな。ほなね、甚夜。もし京に寄ることあったら訪ねてな。秋津染吾郎って名前を出せば、すぐに見つかるわ」

「ああ、機会があったらな」

「うん、ほな、さいなら」

気安い挨拶を残して、軽い足取りで去っていく。

その背を眺めながら茶を一口啜る。茶はすっかりぬるくなってしまっていた。


「あら、甚夜君。ごぶさたですね」

昼時になり喜兵衛を訪れれば、おふうがたおやかな笑みで迎えてくれる。いつもと変わらぬ彼女の柔らかさが、少しだけ心を落ち着けてくれた。

「お、らっしゃい、旦那。こんなに来なかったのって初めてじゃないですかい？」

「ああ、最近は色々あってな」

説明するのも面倒くさい。それだけ言って椅子に座れば、注文を受けずとも店主がかけ蕎麦を作り始める。店主も決して平穏な人生を歩んではない。だからこそ、彼はいつも通りに接してくれた。

「失礼します。おお、甚殿。お久しぶりです」

暖簾が揺れる。店に入って来たのは直次だ。

「最近はあまり見かけませんでしたが、また厄介事でも？」

「そんなところだ」

久々に友人の顔を見られたからか、直次は普段よりも幾分か明るい。当たり前のように甚夜と同じ卓へ腰を下ろし、蕎麦を注文して雑談に興じる。

「いや、ここしばらくは誰も来ないものですから、少し寂しく思いました」

「誰も?」

「ええ、善二殿や奈津殿も」

「そのうえ旦那も来ないもんですから、閑古鳥が鳴いて鳴いて仕方がないですよ」

蕎麦を作りながらからからと笑う店主。相変わらず客の入りは悪いらしい。

「ほんとお奈津ちゃん達、どうしたんでしょうね。おふう、お前なんか聞いてないか?」

「いいえ、特には」

親娘二人で不思議そうな顔をしている。

甚夜は何も言わなかった。言えなかった。

「っと、あいよ。かけ蕎麦二丁」

「はーい」

話しているうちに蕎麦が運ばれてきた。湯気と共につゆの香りが漂っており、冬の寒さも相まって実に旨そうだ。直次も同じ感想らしく、出来立てのうちに箸をつける。

「ふぅ。やはり寒い時は温かい蕎麦が身に沁みますね」

続いて甚夜も蕎麦を啜るが、口に含むと妙な違和感があった。

「……店主」

「どうしたんで？」

「少し、味が落ちたか？」

「へ？」

以前よりも薄味になったような気がする。

思いがけない発言だったのか、店主が困惑している。それを見かねて、すぐに直次が助け舟を出した。

「いえ、そんなことはないと思いますが。むしろ少しずつ味は良くなっていると思いますよ？」

「そう、か。ならば私の気のせいなのだろう」

皆一様に訳が分からないといった顔をしているため、それ以上は何も言わず食事を続ける。

久しぶりに訪れた喜兵衛での一幕は珍妙なものとなってしまった。

しかし、やはり出汁《だし》が薄い。毎日食べていたはずなのに、味気なく感じられる。

その理由は食べきった後も分からなかった。

江戸編終章　酒宴のあと

「おお、すまなかったな。苦労をかけた」

堺町では、夜な夜な血塗れの鬼が出るという。浮世絵師である嵯峨道舟《さがどうしゅう》から依頼を受けた甚夜は、巷を騒がせる鬼を討伐した。容易《たやす》いとまでは言わないが、手間取るほどでもなかった。僅かな銭を貰い、今回の仕事はつつがなく終わる。

「どうだ、茶でも飲んでいくか」

「いえ、今日はこれで」

「そうか、残念だな」

道舟は義父の友人であり、折に触れて興味深い話を聞かせてもらっている。しかし、今回は断った。あまり気分が良くなかった。

小さく頭を下げ、長屋を後にする。外に出ると、途端に冷たい風が吹いた。

冬も盛り、寒さが身に沁みる。もともと冬は得意ではなかった。体が強張るし、手がかじかむと刀の柄も握りにくくなる。

けれど熱を持った頭には、この寒さが心地好い。呼吸をすれば火照りが落ち着き、酔い覚ましにはちょうどいい。

まだ、あの夜の酒が抜けきっていなかった。


鬼の討伐を終えた翌日、いつもの通り喜兵衛を訪ね、夕飯にかけ蕎麦を啜《すす》る。ちゃんと出汁《だし》の味がした。落ちた味は多少戻ったようだ。

ちらと店内を見回せば、他に一人二人。以前よりは客も増えたが、代わりに奈津や善二の姿は見えない。今ではそちらの方が日常になってしまった。

ゆきのなごりの事件からしばらく経った。甚夜は以前と同じ暮らしを続けている。既に失った繋がりがもう一度断たれても、馴染みの店から常連が一人二人いなくなろうと、目的が揺らがない限り日々に大きな変化はない。

あえて以前との違いを挙げるのならば、鬼の起こす騒動が増えたくらいだろうか。おかげで日々の仕事には事欠かない。もっとも、それだけ人心が乱れている証明でもあり、手放しに喜べはしなかった。

「近頃は、なんでも高くなって」

「ったく、お上はなにやってんだか」

客のこぼす愚痴が聞こえてくる。

この手の不平不満はよく耳にする。黒船の来航に、武士達の弱腰の対応。当初は雲の上の話だと思っていたが、治安の悪さや物価の上昇などの形で、庶民にも影響が表れていた。

「なんでも噂じゃ、公方様《くぼうさま》に楯突こうってなお方々までおられるって話だぜ」

そして、現状を憂い動く武士も出てきた。

長らく続いた太平の世は、徐々にではあるが歪みを見せ始めている。この流れがどこに行き着くかは、己のことさえ定かならぬ甚夜では見通せない。それでも、昨今の江戸の暮らし難さは彼も感じていた。

「すまない、勘定を」

「ああ、十八文になりやす」

それを意識するのが、二文の値上がりという辺り、なんとも情けない話ではある。

ともかく食事を終え、店を出る。矢先に背後から呼び止められた。

「甚夜君、少し待ってもらえます？」

「どうした」

「私も途中までご一緒させてください」

まだ客がいるにもかかわらず、看板娘が店を離れようとする。横目で見れば、店主はからからと笑っていた。

「ちっと足りないもん出ちまいまして、買い出しを頼んだんですよ」

深川辺りも最近は物騒になった。娘の正体はさておき、親としては心配にもなるらしい。

「ああ、それなら」

「では、いきましょうか」

冬の夜道を二人歩く。

雲はなく、澄み切った空に月が映える。普段なら道端に咲く花を数えるのだが、冬のせいか、静かな月の光のせいか、自然と口数は少なくなった。

しかし、重くはならない。沈黙したままでも、どこか寛いだ心持ちでいられるのは、彼女も鬼だからだろう。変に気を張る必要がなく、寛いだ心持ちでいられる。

思い出したように、おふうが話を切り出す。

「寒い、ですね」

「ああ」

素っ気ない返しに微笑んだ彼女は、安堵したように白い息を吐いた。

「なにがだ」

「……大丈夫、みたいですね」

「このところ、依頼を立て続けに受けているようでしたから」

江戸の町では、荒れる世相に比例して、怪異の起こす事件が増えている。その度に、どうやら心配してくれていたらしい。

「すまない、気をもませたか」

「数少ない常連ですし。怪我でもされたら、ことですからね」

あくまで店屋の娘という立ち位置で、茶化した物言いをしてみせる。

あえて怪我の話に限定し、店に来なくなった二人には触れない。それもまた気遣いだと分かるから、甚夜は小さく笑みを落とした。

「では、これで」

「買い出しは？」

「また明日にでも、改めて」

言いながら、一人で来た道を戻る。

結局のところ親娘ともども、初めから甚夜の様子を見るのが目的だったのだろう。江戸に来てから苦難も多かったが、縁には恵まれたと思う。

小さくなる姿を眺めていると、不意におふうが振り返った。

「沈丁花《じんちょうげ》、覚えていますか」

聞いたのはそれだけ。返答も待たず、彼女は軽やかに帰路に就く。

もちろん、覚えている。沈丁花は厳しい冬の寒さを越えて花開く、春を告げる花。それをここで持ち出した理由など考えるまでもない。痛みは美しく咲くためにあるのだと、彼女はそう伝えてくれた。

本当に、世話になってばかりだ。酔いにぼやけた頭も、いつの間にかはっきりしていた。

そうして甚夜は鬼の噂を求めて、夜の町へと向かう。

なにもかもが思い通りに行くほど現世は上手くできていない。初めから分かり切っていたことだ。ならば今更なにを失くしたとて、あり方を違えるなどできるはずがない。

金髪の鬼女。間違いなく、あの娘は鬼神になろうとしている。それを思えば、どろりとした憎悪が胸の奥を汚す。つまりは冬の時期だ。長い歳月の果て、いずれ辿り着く季節を、甚夜は待ち焦がれていた。

ただ、ふと考える。

黒船の来航より江戸の混迷は深まるばかり。自分だけでなく、今はこの国自体が厳しい冬を迎えようとしている。これもまた、訪れるいつかのために必要な痛みなのだろうか。

夜空を仰げば、ぞっとするくらいに冷たい月がある。青白い光に染まる街並みは、どこか痩せこけた病人を思わせた。

安政三年（１８５６年）・冬。

江戸は、後に幕末と呼ばれる時代の最中にあった。


（幕末編へ続く）

この物語はフィクションであり、実在の人物、店、企業、団体等には一切関係ありません。

中西モトオ（なかにし もとお）

愛知県在住。WEBで発表していた小説シリーズ
『鬼人幻燈抄』でデビュー。

鬼《き》人《じん》幻《げん》燈《とう》抄《しょう》 江《え》戸《ど》編《へん》 残《ざん》雪《せつ》酔《すい》夢《む》

2020年 2月23日 第1刷発行
2021年12月15日 第3刷発行

著　者　中西《なかにし》モトオ

発行者　庄盛克也

発行所　株式会社 双葉社
〒162-8540 東京都新宿区東五軒町3-28
電話 営業03(5261)4818
編集03(5261)4852

印刷所　中央精版印刷株式会社
製本所　中央精版印刷株式会社

ISBN978-4-575-24253-9 C0093
定価はカバーに表示してあります

双葉社ホームページ http://www.futabasha.co.jp/
（双葉社の書籍・コミック・ムックが買えます）

中西モトオ　好評既刊

鬼人幻燈抄　葛野編　水泡の日々

江戸時代、山間の集落葛野には「いつきひめ」と呼ばれる巫女がいた。よそ者ながら巫女の護衛役を務める青年・甚太は、討伐に赴いた森で、遥か未来を語る不思議な鬼に出会う——江戸から平成へ。刀を振るう意味を問い続けながら途方もない時間を旅する鬼人を描いた、和風ファンタジー巨編の第一巻。

中西モトオ　好評既刊

鬼人幻燈抄　江戸編　幸福の庭

百七十年後に現れる鬼神と対峙するため、甚太は甚夜と改名し、第二の故郷・葛野を後にした。幕末、不穏な空気が漂い始める江戸に居を構えた甚夜は、鬼退治の仕事を糧に日々を過ごす。人々に紛れて暮らす鬼、神隠しにあった兄を探す武士……人々との出会いと別れを経験しながら、甚夜は自らの刀を振るう意味を探し続ける——号泣必至と絶賛の嵐だったＷＥＢ小説シリーズ第二巻！